सर वॉल्टर स्कॉट
की
लोकप्रिय कहानियाँ

सर वॉल्टर स्कॉट
की
लोकप्रिय कहानियाँ

सर वॉल्टर स्कॉट

प्रभात
प्रकाशन

प्रकाशक

प्रभात प्रकाशन प्रा. लि.

4/19 आसफ अली रोड, नई दिल्ली–110002

फोन : 011–23289777 • हेल्पलाइन नं. : 7827007777

इ–मेल : prabhatbooks@gmail.com ❖ वेब ठिकाना : www.prabhatbooks.com

संस्करण

2025

पेपरबैक मूल्य

तीन सौ रुपए

मुद्रक

आर–टेक ऑफसेट प्रिंटर्स, दिल्ली

★

SIR WALTER SCOTT KI LOKPRIYA KAHANIYAN

by Sir Walter Scott

Published by **PRABHAT PRAKASHAN PVT. LTD.**

4/19 Asaf Ali Road, New Delhi-110002

ISBN 978-93-5562-259-4

₹ 300.00 (PB)

अनुक्रम

1

मार्टिन वॉल्डेक की तकदीर

जर्मनी के हट्‌र्ज के जंगलों की वीरानगी, जिनमें खासतौर से ब्लॉकबर्ग की वे पहाड़ियाँ, जिन्हें ब्लॉकेनबर्ग भी कहा जाता था, चुड़ैलों, पिशाचों और भूत-प्रेतों की कहानियों के लिए मशहूर रही हैं। यहाँ के बाशिंदों का पेशा या तो खानों की खुदाई था या फिर वे जंगलों पर निर्भर होने के साथ-साथ कुछ विशेष अंधविश्वासों को भी अपनाए हुए थे। वे अपने एकाकी एवं जंगली पेशे के दौरान इस तरह की घटनाओं के भी साक्षी रहे हैं, जिसने उन्हें जादुई ताकतों पर भी यकीन दिला दिया था। बहुत सी अन्य कहानियों के अलावा इस जंगली इलाके की यह खास कहानी हट्‌र्ज के जंगलों के एक संरक्षक पिशाच के बारे में बहुत कुछ बताती है। यह पिशाच लंबे कद के एक जंगली आदमी की तरह नजर आता था और उसका सिर बलूत की पत्तियों से बेढंगे ढंग से ढका रहता था तथा इसी से वह अपनी कमर को भी सजाकर हाथों में चीड़ की एक टूटी हुई जड़ पकड़े रहता था। यह सच है कि बहुत से लोगों ने इस तरह के आदमी को पहाड़ी के दूसरी तरफ ढलान पर लंबे-लंबे कदमों से जाते हुए देखा होगा, जोकि इस जगह को सँकरी घाटी की सहायता से अलग भी करती थी। इसके साथ ही भूत-प्रेतों पर यकीन इतनी आम मान्यता है कि आधुनिक संशयवाद

इसे आँखों का धोखा ही कहकर मानता है। पुराने समय में इस पिशाच का वहाँ के निवासियों के साथ मेल-मिलाप बहुत ही आम चीज हुआ करती थी। हट्र्ज के रिवाज के अनुसार वह स्वेच्छाचारिता का आदी था और सामान्यतया इन नश्वर लोगों के कल्याण के लिए इनके मामलों में अपनी अलौकिक शक्तियों का इस्तेमाल भी करता था, मगर यह भी देखा गया था कि लोग उसके द्वारा दिए गए उपहारों को वापस लौटा देते थे, क्योंकि जिनपर उसकी मेहरबानी होती, उनपर कुछ समय के बाद एक भयानक असर भी पड़ता था। वहाँ के लोगों को इस पिशाच के साथ किसी भी तरह के प्रत्यक्ष या अप्रत्यक्ष संपर्क के लिए मना करने का लंबा प्रवचन देनेवाले ईसाई पुरोहितों के लिए यह कोई असामान्य बात नहीं थी। मार्टिन वॉल्डेक की तकदीर के बारे में वहाँ के बुजुर्ग अपने चंचल बच्चों को तब बताते थे, जब वे बच्चे वहाँ के नजर आनेवाले खतरों का मजाक उड़ाया करते थे।

हट्र्ज के रिवाज के अनुसार वह स्वेच्छाचारिता का आदी था और सामान्यतया इन नश्वर लोगों के कल्याण के लिए इनके मामलों में अपनी अलौकिक शक्तियों का इस्तेमाल भी करता था, मगर यह भी देखा गया था कि लोग उसके द्वारा दिए गए उपहारों को वापस लौटा देते थे, क्योंकि जिनपर उसकी मेहरबानी होती, उनपर कुछ समय के बाद एक भयानक असर भी पड़ता था।

हट्र्ज में ही मार्गेनब्राट कही जानेवाली एक छोटी सी फूस की झोंपड़ी में वह ईसाई साधु रहता था और उसी में प्रवचन देने के लिए एक मंचनुमा जगह भी बनी हुई थी। वह वहाँ के बाशिंदों की पिशाचों, चुड़ैलों, परियों और खासतौर से हट्र्ज के उस जंगली पिशाच के साथ उनके संवादों की बुराई के खिलाफ भी बोलता रहता था। इस बारे में

लूथर के सीख भरे प्रवचन धीमे-धीमे वहाँ के ग्रामीण लोगों में फैलने शुरू हो गए थे। वैसे यह समय चार्ल्स पंचम के शासनकाल का था। वहाँ के लोग उस आदमी के इस विषय पर उसके यकीन का मजाक उड़ाते हुए हँसते थे। जैसे-जैसे उसकी प्रचंडता अपने विरोधियों पर बढ़ती गई, उसी तरह उसका विरोध उसकी प्रचंडता के अनुपात में भी बढ़ता गया। वहाँ के बाशिंदे उस आदी दैत्य के बारे में सुनना पसंद नहीं करते थे, जो युगों से ब्राकेनबर्ग में रहते हुए पूरी तरह से बालपीयर, आट्राय और बीलजबब को अपने में समेटे हुए था। वे लोग उसकी आलोचना करके नरक के गर्त में नहीं जाना चाहते थे। ऐसी भी आशंका थी कि वह आत्मा इस तरह की अशिष्ट बातों का प्रतिशोध राष्ट्रहित के साथ जोड़ते हुए ले सकती थी। वे लोग कहते थे कि वह घुमक्कड़ औघड़, जोकि आज यहाँ और कल वहाँ नजर आता है, वह तो अपनी ख्वाहिशें बता सकता है, पर हम लोग जोकि यहाँ के पुराने और स्थायी बाशिंदे हैं, सिर्फ उसी दैत्य की दया पर ही जिंदा हैं। हमें अपने किए की कीमत चुकानी ही पड़ेगी। इस भावना से प्रेरित होकर वहाँ के देहातियों ने भद्दी भाषा का इस्तेमाल करते हुए उस ईसाई पुरोहित को पत्थरों से मारकर उस पिशाच के खिलाफ कहीं अन्यत्र बोलने के लिए भगा दिया था।

वहीं वे तीन युवक भी मौजूद थे, जोकि उस पुरोहित पर हमला करनेवालों की सहायता कर रहे थे। वे तीनों गलानेवाली भट्ठी के लिए चारकोल तैयार करने का मेहनत-मजदूरी वाला छोटा काम करते थे। अपनी झोंपड़ी की तरफ वापस लौटते वक्त उन्होंने स्वाभाविक रूप से हट्र्ज के उस दैत्य और पुरोहित के धार्मिक सिद्धांत पर बातें करनी शुरू कर दीं। अपनी बातचीत के दौरान मैक्समिलन और जॉर्ज वॉल्डेक, जोकि उन तीनों में बड़े भाई थे, उस ईसाई साधु और उस आत्मा के बारे में थोड़ा अविवेकपूर्ण शब्दों का इस्तेमाल करते हुए भी इसे शिष्टता की

सीमा में ही रखा था, क्योंकि उन्हें पूरा यकीन था कि उससे किसी तरह का उपहार स्वीकार करना या उसके साथ बात करना किसी भी हद तक खतरनाक था। वे मानते थे कि वह बहुत शक्तिशाली होने के साथ जिद्दी और स्वेच्छाचारी भी था। जिन्होंने भी उसके साथ संपर्क किया, उनका शायद ही कुछ अच्छा अंत हुआ हो। क्या उसी ने राबेनवॉल्ड के उस बहादुर सामंत एशर्ट को वह मशहूर काला घोड़ा तो नहीं दिया था, जिससे उसे ब्रीमान की उस बड़ी प्रतियोगिता में सभी विजेताओं को पराजित किया था? और फिर क्या वही घोड़ा अपने सवार के साथ उस गहरी घाटी में भयानक तरीके से गिर नहीं गया था? इसके बाद किसी ने भी न तो घोड़े और न ही सवार को देखा था। क्या उस पिशाच ने मक्खन के लिए डेम गैरट्रड को सम्मोहित नहीं कर दिया था? और फिर न्यायालय ने उस महिला को चुड़ैल मान कर जलाने का आदेश भी दिया था। उस बेचारी के साथ यह सबकुछ इसीलिए हुआ था कि उसने उस पिशाच से उपहार स्वीकार किया था। इन सभी घटनाओं, जिनमें बदकिस्मती और दुर्भाग्य के उदाहरण दिए जा रहे थे, जिनका संबंध हट्‌र्ज की उस पिशाची आत्मा के द्वारा प्रदान उपहारों से ही था, किंतु मार्टिन वॉल्डेक जोकि उन तीनों में सबसे छोटा भाई था, उसपर इन कहानियों का कोई असर नहीं हुआ।

मार्टिन युवा होने के साथ-साथ दुस्साहसी व उतावला भी था। उसमें वे सभी आदतें थीं, जोकि एक पर्वतारोही में होनी चाहिए थीं। इसके साथ ही वह अपने ऊपर आए खतरों के प्रति निडर और बहादुर भी था। वह अपने भाइयों के डरपोकपने पर हँसा और बोला, "ऐसी बेवकूफी की बातें मत कहो। वह पिशाच एक नेक पिशाच है। वह हमारे बीच हम जैसे देहातियों की तरह से ही रहता है। वह पहाड़ों या गुफाओं में शिकारियों या चरवाहों की तरह भटकता रहता है और जो लोग हट्‌र्ज के जंगलों या इसके जंगली दृश्यों से प्यार करते हैं, उनका भाग्य यहाँ की धरती के

कठोर परिश्रमी बच्चों से अलग नहीं हो सकता है, मगर यदि वह पिशाच उतना ही बुरा है, जितना तुम बता रहे हो, तब वह उन मनुष्यों पर अपनी ताकत कैसे इस्तेमाल कर सकता है, जोकि सिर्फ उसका उपहार स्वीकार करते हैं और उसमें भी उसके आनंद के लिए स्वयं को समर्पित करने का बंधन नहीं रखते हैं? जब तुम अपना चारकोल भट्ठी के लिए ले जाते हो, तब तुम्हें मिलनेवाला धन क्या ईशनिंदा की तरह नहीं है, जोकि तुम उस बूढ़े ओवरसियर से पाते हो? यह वैसा नहीं है कि जैसे तुम इसे ईसाई साधु से प्राप्त कर रहे हो?

"यह उस शैतान का उपहार नहीं है, जोकि तुम्हें खतरे में डाल देगा, बल्कि तुम इसका जिस तरह से इस्तेमाल करोगे, तुम उसके लिए खुद ही जिम्मेदार होगे। और यदि इसी समय वह पिशाच आकर मुझे सोने या चाँदी की खान दिखा दे तो मैं उसके वापस मुड़ने से पहले ही जमीन खोदना शुरू कर दूँगा। साथ-ही-साथ मुझे उससे भी अधिक सुरक्षा की जरूरत होगी, जबकि मैं उसके दिखाए धन का इस्तेमाल बेहतर कामों में ही करूँगा।"

"यह उस शैतान का उपहार नहीं है, जोकि तुम्हें खतरे में डाल देगा, बल्कि तुम इसका जिस तरह से इस्तेमाल करोगे, तुम उसके लिए खुद ही जिम्मेदार होगे। और यदि इसी समय वह पिशाच आकर मुझे सोने या चाँदी की खान दिखा दे तो मैं उसके वापस मुड़ने से पहले ही जमीन खोदना शुरू कर दूँगा। साथ-ही-साथ मुझे उससे भी अधिक सुरक्षा की जरूरत होगी, जबकि मैं उसके दिखाए धन का इस्तेमाल बेहतर कामों में ही करूँगा।"

यह सुनकर उसके बड़े भाई ने जवाब दिया, "गलत तरीके से मिला धन शायद ही बेहतर ढंग से खर्च होता है।" इसपर मार्टिन ढिठाई

से बोला, "सारे हट्र्ज की संपदा मिल जाने के बाद भी उनकी आदतों, नैतिकता और चरित्र में थोड़ा सा भी परिवर्तन नहीं होगा।"

मार्टिन के भाई ने इस विषय पर उसे आक्रामक ढंग से बोलने से रोका और इसे सूअर के शिकार का पीछा करने की संज्ञा देते हुए थोड़ी कठिनाई से उसके ध्यान को आकर्षित करने में सफलता हासिल की। वे लोग बातें करते-करते अपनी झोंपड़ी तक आ पहुँचे। उनकी फूस की झोंपड़ी के एक तरफ ब्रोकेनबर्ग की रोमांचक गहरी खाई थी। उन्होंने अपनी बहन को वहाँ से जाने के लिए कहा, जोकि वहीं लकड़ी से कोयला बनाने की प्रक्रिया की देखरेख में लगी हुई थी। कोयला बनाने के इस काम में लगातार निगरानी की जरूरत पड़ती थी, इसीलिए जब एक भाई रात को ड्यूटी पर रहता तो दूसरा सोने चला जाता था। यही इंतजाम उन्होंने आपस में तय भी कर रखा था।

मैक्स वॉल्डेक, जोकि रात को अपनी बारी के शुरुआती दो घंटों की ड्यूटी पर था, तभी उसने देखा कि दूर घाटी में एक तेज आग जल रही थी और इसके चारों तरफ घेरा बनाकर कुछ आकृतियाँ आदिम भावभंगिमा के साथ गोल-गोल चक्कर काट रही थीं। मैक्स ने तुरंत ही अपने भाइयों को बुलाने के बारे में सोचा, पर छोटे भाई के निडर स्वभाव को याद करके उसे जगाना उचित नहीं समझा, क्योंकि बड़े भाई को जगाने में छोटे भाई के भी जाग जाने की संभावना थी। उसने सोचा कि पिशाच के बारे में यह उसका भ्रम भी हो सकता है, किंतु पिछली शाम को मार्टिन के द्वारा व्यक्त की गई भावनाओं के इस परिणाम के बारे में सोचकर वह स्वयं को सुरक्षित करने के उद्देश्य से प्रार्थना बुदबुदाते हुए उस विचित्र भूतिया चेतावनी को देखता रहा। वह आग कुछ देर तक जलने के बाद धीमे-धीमे उस अँधेरे में गायब हो गई, पर मैक्स अभी भी उसकी डरावनी याद से मुक्त नहीं हुआ था।

इतने में मैक्स की जगह लेने के लिए जॉर्ज आ गया और मैक्स

वापस सोने चला गया। रखवाली के लिए बैठे मैक्स के सामने दूर घाटी में अब फिर बड़ी सी आग जल रही थी और इसके चारों तरफ वैसी ही आकृतियाँ गोल-गोल घूमते हुए इस तरह से चक्कर काट रही थीं, जैसे कि वे किसी रहस्यमयी अनुष्ठान में लिप्त हों। हालाँकि जॉर्ज अपने बड़े भाई से अधिक साहसी था, पर फिर भी वह उतना ही सावधान था। उसने इस रहस्यमयी मामले को थोड़ा पास जाकर देखने का इरादा किया और उस छोटे से नाले को पार करके, जोकि घाटी और उनके बीच में था, उस पार ऊँचे टीले पर चढ़ गया। यहाँ से उस जलती हुई आग की दूरी अधिक नहीं थी, पर उसके जलने का अंदाज बिल्कुल पहले जैसा ही था।

जो आकृतियाँ उस आग के चारों तरफ नाच रही थीं, वे बहुत कुछ उसके सपने में डरानेवाले भूतों की तरह ही लग रही थीं। जैसे ही यह विचार उसके मन में आया, उसे लगा कि वे मानवीय दुनिया की नहीं थीं। उन्हीं विचित्र मायावी आकृतिओं के बीच जॉर्ज वॉल्डेक ने बड़े-बड़े बालोंवाली एक विशालकाय आकृति भी देखी, जिसने अपने हाथ में देवदार की एक उखड़ी हुई जड़ पकड़ रखी थी और उसी से वह आग में हवा दे रही थी। उसने अपने सिर और कमर पर सिर्फ चीड़ की पत्तियाँ ही लपेट रखी थीं। जैसे ही जॉर्ज ने यह देखा, उसका दिल बैठने लगा। उसे उन गड़रियों और पुराने शिकारियों की वो बातें याद आने लगीं, जिसमें उन्होंने हट्र्ज के जाने-पहचाने पिशाच के बारे में बताया था, जिसे वे लोग वहाँ की पहाड़ियों को पार करते अकसर देख चुके थे। वह मुड़ा और भागने ही वाला था कि तभी उसके मन में एक विचार आया और अपने डर को कोसते हुए उसने मन-ही-मन में ईश्वर की आराधना का एक स्तोत्र दुहराया, जिसके अनुसार, "सभी नेक देवदूत ईश्वर की आराधना करते हैं।" ऐसी मान्यता है कि इससे भूत-प्रेत दूर हो जाते हैं। यह सोचकर उसने उसी जलती हुई आग की तरफ देखा, पर अब वहाँ किसी भी तरह की आग नहीं नजर आ रही थी। घाटी में ऊपर एक तरफ

पीला चंद्रमा अकेला चमक रहा था और जब जॉर्ज अपने काँपते कदमों, ओस से भीगी भौंहों व टोपी के साथ उसी जगह पहुँचा, जहाँ थोड़ी देर पहले ही उसने जलती हुई आग देखी थी, तब वहाँ उसे इस तरह के कोई भी चिह्न नजर नहीं आए। वहाँ मौजूद जंगली फूलों और झाड़ियों में आग से झुलसने के भी निशान नहीं थे। पेड़ों की डालियाँ पूरी तरह से ओस से भीगी हुई थीं, जिन्हें थोड़ी देर पहले आग और धुएँ ने अपने में समेट रखा था।

अब रखवाली के लिए मार्टिन की बारी थी। उसके पालतू मुरगे ने अपनी पहली बाँग दी कि रात अच्छी तरह बीत चुकी थी। मार्टिन ने देखा कि उसकी भट्ठी की आग की देखभाल ठीक ढंग से नहीं की गई थी, उसमें रखी गई लकड़ियाँ भी बेतरतीबी से पड़ी थीं। ऐसा मालूम पड़ रहा था कि जॉर्ज उनपर ध्यान देना भूल गया था।

जॉर्ज काँपते कदमों के साथ वापस अपनी झोंपड़ी में लौट आया और उसने भी अपने भाई की तरह इस विषय पर कुछ भी न कहने का निश्चय किया, अन्यथा वह मार्टिन को जगाकर इसी साहसिक जिज्ञासा एवं अश्रद्धा पर कुछ कहता।

अब रखवाली के लिए मार्टिन की बारी थी। उसके पालतू मुरगे ने अपनी पहली बाँग दी कि रात अच्छी तरह बीत चुकी थी। मार्टिन ने देखा कि उसकी भट्ठी की आग की देखभाल ठीक ढंग से नहीं की गई थी, उसमें रखी गई लकड़ियाँ भी बेतरतीबी से पड़ी थीं। ऐसा मालूम पड़ रहा था कि जॉर्ज उनपर ध्यान देना भूल गया था। मार्टिन ने पहले उन लोगों को नींद से जगाकर बुलाने के बारे में सोचा, मगर उनकी गहरी नींद को देखकर उसे दया आ गई और अकेले ही भट्ठी की आग को सुधारने की कोशिश में लग गया। उसने देखा कि वहाँ काफी नमी थी, इसीलिए आग दुबारा जलने के बजाय धीमी होती जा रही थी। मार्टिन

उन सूखी लकड़ियों को लाने गया, जोकि सिर्फ इसी काम के लिए इकट्ठी की गई थीं, मगर जब तक वह लौटा, भट्ठी की आग पूरी तरह बुझ चुकी थी। यह एक ऐसी गंभीर घटना थी, जिसकी वजह से उन लोगों के पूरे एक दिन के व्यापार का घाटा हो सकता था। परेशान मार्टिन ने आग जलाने की पूरी कोशिश की, पर नमी होने की वजह से उसकी कोशिश बेकार चली गई। अब वह अपने भाइयों को पुकारने ही वाला था कि तभी एक तेज रोशनी की चमक न केवल खिड़की, बल्कि उस झोंपड़ी की हर दरार से भी नजर आई और उसने उसे वही भूतिया दृश्य देखने का आमंत्रण दिया, जोकि थोड़ी देर पहले उसके भाइयों को मिला था। उसके मन में सबसे पहला विचार अपने व्यापारिक प्रतिद्वंद्वियों को लेकर ही आया था, जिनके साथ उन लोगों के पहले भी कई बार झगड़े हो चुके थे। उसे लगा कि वे लोग उसकी लकड़ियों को लूटने आए होंगे और फिर उसने अपने भाइयों को जगाने एवं उन लुटेरों की ढिठाई के लिए सबक सिखाने का निश्चय किया, किंतु दूर जलती हुई उस तेज आग के इर्द-गिर्द होती विचित्र सी हलचल को देखकर उसका पहलेवाला विचार जाता रहा और उसे लगा कि वह कुछ अस्वाभाविक घटना देख रहा है। उसने मन-ही-मन कहा, "चाहे वे आदमी हों या पिशाच, वे अपने विचित्र अनुष्ठान में स्वयं ही व्यस्त हैं। मैं उनके पास जाऊँगा और अपनी भट्ठी जलाने के लिए आग माँग लूँगा।" उसने तुरंत ही अपने भाइयों को जगाने का विचार त्याग दिया। ऐसा भी माना जाता था कि इस तरह के साहसिक कार्य, जिसे वह करने जा रहा था, उसे एक बार में एक ही व्यक्ति कर सकता था। इसके साथ ही उसे यह भी डर था कि उसके भाई अपनी धर्मभीरुता के कारण उसकी इस खोज में बाधा बन सकते थे। इसीलिए दीवार पर टँगी अपनी नुकीली बरछी को खींचकर उतारते हुए वह जिद्दी मार्टिन वॉल्डेक अपने इस साहसिक अभियान की तरफ अकेला ही चल पड़ा।

अपने बड़े भाई की निडरता भरी सफलता की ही तरह मार्टिन ने उस छोटे से नाले को पार किया और पहाड़ी पर चढ़कर उस भूतिया सभा के इतने पास पहुँच गया कि वह उस आकृति को अच्छी तरह देख सकता था, जिसके लक्षण हट्‍र्ज के पिशाच की ही तरह थे। जीवन में पहली बार एक सर्द सिहरन-सी उसके पूरे शरीर में दौड़ गई, मगर थोड़ी दूरी पर होने की वजह से उसका साहस बना हुआ था। चूँकि वह उससे संपर्क करनेवाला था, इसलिए उसने अपने कमजोर पड़ते साहस को सँभाला और दृढ़तापूर्वक आग की तरफ बढ़ा। वहाँ मौजूद आकृतियाँ अब और भी अधिक भयानक एवं विचित्र सी अस्वाभाविक नजर आ रही थीं। जैसे ही वह उनके पास पहुँचा, एक तेज, अजीब सी कर्कश हँसीवाली कानफोड़ू आवाज ने चेतावनी भरे लहजे में उससे पूछा, "कौन हो तुम ?" यह आवाज उसी विशालकाय दैत्य की थी, जिसकी गंभीरता के पीछे उसने अपना जंगलीपन छुपाने की भरसक कोशिश की थी, जबकि वे लोग शायद ही कभी अपने उस हँसी के दौरों के बीच परेशान होते होंगे और इस समय वह उसी हँसी को रोके हुए था।

"मार्टिन वॉल्डेक, वनवासी हूँ," उस तगड़े युवक ने जवाब दिया और साथ ही पूछा, "तुम कौन हो ?"

"मैं यहाँ का और अपनी मर्जी का राजा हूँ," उस काली छाया ने जवाब दिया और फिर कहा, "तुमने मेरे रहस्यमय इलाके में घुसने की कोशिश क्यों की ?"

"मैं अपनी भट्‍ठी जलाने के लिए आग की तलाश में आया था," मार्टिन ने तत्परता से जवाब दिया और फिर पूछा, "तुम लोग यहाँ किस तरह का रहस्यमय आयोजन कर रहे हो ?"

"हम यहाँ पिशाचों की शादी का समारोह मना रहे हैं; पर तुम जो आग लेने आए हो, लो और भागो, क्योंकि हमें कोई भी जीवित आदमी देर तक देखकर जिंदा नहीं रह सकता।"

उस देहाती युवक ने अपनी बरछी की नोक एक जलते हुए भारी से लट्ठे में गड़ा दी, जिसे वह मुश्किल से ही उठा पा रहा था और फिर अपनी झोंपड़ी की तरफ वापस चल पड़ा। उसके पीछे अभी भी हँसी के ठहाकों की भयानक आवाज नीचे घाटी से सुनाई पड़ रही थी। मार्टिन अपनी झोंपड़ी में पहुँचकर सबसे पहले अपनी भट्ठी के बुझे कोयलों को उस जलती हुई लकड़ी से जलाने की कोशिश करने लगा, मगर उसे यह देखकर आश्चर्य हुआ कि उसकी सारी कोशिशों के बावजूद भी उस पिशाच के पास से लाई लकड़ी पूरी तरह से गायब हो चुकी थी और उसकी भट्ठी के कोयलों में भी आग नहीं लगी। उसने वापस मुड़कर पहाड़ी की तरफ देखा, जहाँ अभी भी आग जल रही थी, पर उसके पास बैठी आकृतियाँ अब गायब हो चुकी थीं। उसे लगा कि वह काली छाया उसका मजाक उड़ा रही थी। यह विचार आते ही मार्टिन के भीतर की गुस्सेवाली नैसर्गिक कठोरता उसके चेहरे पर नजर आने लगी और उसने इस रहस्य की तह तक जाने का इरादा किया तथा दुबारा पहले की ही तरह एक जलती हुई लकड़ी का लट्ठा बिना किसी पिशाची प्रतिरोध के ही ले आया, पर वह उस भट्ठी की आग जला पाने में पहले की ही भाँति असफल रहा। शायद सजा के अभाव ने उसके जुनून को और भी बढ़ा दिया था। अब वह तीसरी बार वहीं जाने का इरादा कर चुका था और इसमें सफल भी हुआ, पर जैसे ही वह आग की जलती हुई लकड़ी को लेकर मुड़ा ही

उस देहाती युवक ने अपनी बरछी की नोक एक जलते हुए भारी से लट्ठे में गड़ा दी, जिसे वह मुश्किल से ही उठा पा रहा था और फिर अपनी झोंपड़ी की तरफ वापस चल पड़ा। उसके पीछे अभी भी हँसी के ठहाकों की भयानक आवाज नीचे घाटी से सुनाई पड़ रही थी।

था कि एक कर्कश आवाज ने उसे यह कहते हुए रोका, "अब चौथी बार यहाँ आने का साहस मत करना।"

इस नई आग से मार्टिन की अपनी भट्ठी को जलाने की यह कोशिश भी पहले की ही तरह बेकार हो गई और फिर वह अपने इस असफल प्रयास को छोड़कर अपने पत्तियों वाले बिस्तर पर जाकर लेट गया। उसने अपने भाइयों को उस अविश्वसनीय अनुभव के बारे में बताने के लिए सुबह तक इंतजार करने का तय कर लिया था और अपने थके हुए शरीर व मन की चिड़चिड़ाहट के साथ वह गहरी नींद में डूबा हुआ था कि तभी एक उल्लास और आश्चर्यमिश्रित चीख ने उसे चौंकाकर जगा दिया। उसके भाई जब नींद से जागे तो उन्हें यह देखकर आश्चर्य हुआ कि भट्ठी की आग पूरी तरह से बुझ चुकी थी। फिर वे इसे जलाने के लिए इसके ईंधन को तैयार करने भट्ठी की तरफ बढ़े ही थे कि उन्होंने देखा कि वहीं राख पर धातु के तीन बड़े-बड़े पिंड रखे थे। चूँकि वहाँ के अधिकतर देहातियों को खनन की जानकारी थी, इसीलिए उन्होंने इन पिंडों को देखकर तुरंत ही पहचान लिया था कि वे शुद्ध सोने के ही थे।

जब उन्हें मार्टिन ने इस खजाने को लाने में लगे अपने इस्तेमाल के तरीके के बारे में बताया, तब उनकी प्रसन्नतापूर्वक दी जा रही बधाई पर एक उदासी-सी छा गई, जबकि उनके स्वयं के रात के अनुभवों ने भी उसे ही इसके लिए पूरी तरह से जिम्मेदार ठहराया था, लेकिन वे अपने भाई की संपत्ति में हिस्सा बँटाने के लालच से खुद को न रोक सके। अब उसे घर का मुखिया भी मान लिया गया था तथा उसने काफी जमीनें और जंगल भी खरीदने के साथ-साथ एक महल भी बनवा लिया था। इसके साथ ही वह पुराने शाही पड़ोसियों से चिढ़ की वजह भी बन चुका था। इतना सबकुछ होने पर भी मार्टिन एक पारिवारिक व्यक्ति की तरह ही था। मार्टिन का साहस उसके व्यक्तिगत और सार्वजनिक युद्धों में नजर

आता था तथा वह अपने साथ काम करनेवालों को धन का भुगतान भी करता था और यही वे चीजें थीं, जोकि उसकी महत्त्वाकांक्षा की अकड़ता से उत्पन्न लांछन से उसे बचाती भी थीं। इसी तरह की एक घटना उसके जीवन में भी घटी, जोकि अकसर ही बहुत से लोगों के जीवन में भी घटती है कि किस तरह से आदमी अपनी स्वयं की जिंदगी में अचानक आई समृद्धि के प्रभाव का कितना कम अनुमान लगा पाते हैं? उसके अपने स्वभाव की विकृति, जिसे गरीबी ने दबा रखा था, उसने लालच के प्रभाव और संलिप्तता के रूप में दूषित परिणामों को ही जन्म दिया था। जिस तरह से एक गहराई गहराई की तरफ खिंचती चली जाती है, वैसे ही एक बुरे जुनून ने दूसरे बुरे जुनून को पैदा किया—उस धनलोलुप पिशाच ने दर्प को जन्म दिया और इस दर्प को क्रूरता एवं दमन का सहयोग भी मिल गया। वॉल्डेक स्वभाव से ही बहादुर और साहसी था, परंतु उसकी समृद्धि ने उसे और भी अधिक रूखा बना दिया था, जिसके कारण वह सभ्य लोगों में ही नहीं, बल्कि निचले दरजे के लोगों में भी निंदा का पात्र बन चुका था, क्योंकि उन लोगों को लगता था कि सामंतवादियों की भाँति ही इस निचले स्तर से उठे हुए व्यक्ति के दमन का भी तरीका उतना ही निष्ठुर था। हालाँकि उसके इस साहसिक काम को सावधानीपूर्वक गुप्त रखा गया था, फिर भी इस बारे में फुसफुसाहट हो ही रही थी और पुरोहित वर्ग ने पहले से ही इस तरह के विचित्र ढंग से अचानक हासिल हुए खजाने में ओझाओं, पिशाचों और अधर्मों की संलिप्तता का दरजा दे रखा था तथा वे इस तरह से प्राप्त नाजायज धन के कुछ हिस्सों को चर्च के कामों में दानस्वरूप खर्च करके इसकी पापमुक्ति नहीं चाहते थे। समाज व अपने व्यक्तिगत दुश्मनों से घिरा तथा बेहिसाब झगड़ों और चर्च के द्वारा दिए गए भयभीत करनेवाले संवादों के साथ मार्टिन वॉल्डेक, जिसे अब लोग बैरॉन वॉन वॉल्डेक के नाम से जानते थे। मार्टिन अकसर ही गरीबी और मजदूरों की स्थिति को देखकर दु:ख व्यक्त करता था, मगर

उसके इस साहस ने उसे इन सभी कठिनाइयों में असफल तो नहीं किया, परंतु उसके इर्द-गिर्द मौजूद खतरों को बढ़ाते हुए उसे एक दुर्घटना की तरफ जरूर ढकेल दिया था।

बर्नस्विक के शासक ड्यूक ने सभी अभिजात वर्ग के जर्मन लोगों को एक ऐलान के माध्यम से खेल प्रतियोगिता में भाग लेने के लिए आमंत्रित किया। मार्टिन वॉल्डेक भी शस्त्रों से सुसज्जित होकर अपने दोनों भाइयों और कुछ बहादुर व्यक्तियों के साथ वहाँ पहुँचा। उसने पूरी अकड़ के साथ प्रांत के शूरवीरों के साथ इस प्रतिस्पर्धा में स्वयं को सूचीबद्ध करने की अनुमति माँगी। उसके इस व्यवहार को वहाँ उसके दुस्साहस की भावना के रूप में देखा गया तथा उसके विरोध में हजारों आवाजें कुछ इस तरह से उठीं, "हम अपने शूरवीरों के खेल में जले हुए कोयले छाननेवाले को शामिल नहीं करेंगे।" गुस्से में पागल होकर मार्टिन ने अपनी तलवार निकाली और उस उद्घोषक को काट डाला, जोकि उसे प्रेस सूची में शामिल किए जाने का विरोध कर रहा था। हजारों तलवारें बदला लेने के लिए म्यान से बाहर निकल आईं, क्योंकि उस जमाने में इसे राजवध या धर्मोल्लंघन के अपराध से भी निचले दरजे का अपराध माना गया था। वॉल्डेक ने वहाँ मौजूद लोगों के क्रोधोन्माद से बचने की भरपूर कोशिश की, परंतु वह पकड़

बर्नस्विक के शासक ड्यूक ने सभी अभिजात वर्ग के जर्मन लोगों को एक ऐलान के माध्यम से खेल प्रतियोगिता में भाग लेने के लिए आमंत्रित किया। मार्टिन वॉल्डेक भी शस्त्रों से सुसज्जित होकर अपने दोनों भाइयों और कुछ बहादुर व्यक्तियों के साथ वहाँ पहुँचा। उसने पूरी अकड़ के साथ प्रांत के शूरवीरों के साथ इस प्रतिस्पर्धा में स्वयं को सूचीबद्ध करने की अनुमति माँगी।

लिया गया और वहाँ मौजूद जजों के द्वारा उस पर राज्य की शांति भंग करने एवं राजकीय उद्घोषक पर हिंसात्मक हमला करने के अपराध में दंडस्वरूप उसका दाहिना हाथ काट लेने का आदेश हुआ। इसके साथ ही उसे कुलीनता के सम्मान से भी वंचित कर दिया गया, जिसका कि वह वास्तविक हकदार भी नहीं था तथा उसे देश-निकाला दे दिया गया। महत्त्वाकांक्षा का शिकार वह व्यक्ति अब अपने कटे हाथ के साथ अलग-थलग पड़ा हुआ था और उसके पीछे एक भीड़ उस पर ओझा और दमनकर्ता का आरोप लगाते हुए चीखने के साथ ही एक हिंसा का भी रूप ले चुकी थी। मार्टिन के भाई और उसके सहयोगी, जोकि पहले ही कुछ दूर भाग चुके थे, इन्होंने किसी तरह उसे इस हिंसात्मक भीड़ से अधमरी हालत में बचाया। उनके दुश्मन उन्हें जाने नहीं देना चाहते थे, पर किसी तरह उन्होंने उसे एक घोड़ा-गाड़ी में छिपाते हुए किसी सुरक्षित स्थान पर पहुँचाने का प्रयास किया, ताकि ऐसा न हो कि मौत ही उसे इस पीड़ा से छुटकारा दिला दे।

जब वाल्डेक अपनी इस घनघोर पीड़ादायक स्थिति में अपने गाँव के पास पहुँचने ही वाला था, तभी उसने दो पहाड़ियों के बीच की घाटी से एक आकृति को अपनी तरफ आते देखा। दूर से देखने पर लगता था कि वह उम्रदराज व्यक्ति था, परंतु जैसे ही वह पास पहुँचा, उसने देखा कि उस आकृति के कंधों पर पड़ी चादर नीचे गिर गई और उसके हाथ की लकड़ी ने चीड़ की एक उखड़ी हुई जड़ का आकार ले लिया था। अब उसके सामने हर्ट्ज का वह विशालकाय पिशाच खड़ा था और उसने दयनीय हालत में पड़े वॉल्डेक से अपनी निष्ठुर घरघराती आवाज में पूछा, "मेरे कोयले से जली तुम्हारी आग तुम्हें कैसी लगी?"

मार्टिन के दोनों भाई भय से जड़वत् हो चुके थे और मार्टिन ने किसी तरह अपनी मुट्ठी को कसते हुए ऊपर उठने की कोशिश की और

उस पिशाच की तरफ घृणाभरी नजरों से देखा। वह विशालकाय पिशाच अपनी उसी पुरानी जोरदार हँसी के साथ वॉल्डेक को मरने जैसी हालत में छोड़कर जंगल की तरफ गायब हो गया।

मार्टिन के डरे हुए भाइयों ने उस घोड़ा-गाड़ी को जल्दी से सड़क के किनारे बने चर्च की तरफ घुमा दिया। वहाँ पहुँचते ही उन्हें लंबी दाढ़ी और नंगे पाँव वाला पादरी मिला और उसी ने मरते हुए मार्टिन को ईश्वर से उसकी क्षमा-याचना की प्रार्थना भी कराई, जोकि उसने अपनी इस अचानक मिली संपदा के बाद पहली बार ही की थी। यह वह पादरी था, जिसे तीन साल पहले मार्गेनब्राट की उसकी झोंपड़ी से धक्के मारकर निकालने में मार्टिन ने सहायता की थी। ऐसा लगता था कि पिछले तीन सालों से यह रहस्यमयी संपदा पहाड़ी की पैशाचिक आग से अपना संपर्क बनाए हुए थी।

मार्टिन का मृत शरीर वहीं चर्च में ही उसी जगह दफना दिया गया, जहाँ वह मरा था। उसकी जमीन और संपत्ति का किसी ने दावा नहीं किया तथा उसका खँडहर बना महल यों ही वीरान पड़ा रहा। उसकी इस संपत्ति से वहाँ खदानों में काम करनेवाले जंगल के लोग भूत-प्रेतों के भय से दूर ही भागते थे। इस प्रकार जल्दबाजी में हासिल की गई बुरे तरीकों में लिप्त संपदा के परिणामस्वरूप मार्टिन की तकदीर का उदाहरण दिया जाता रहा है।

□

2

सामंत जॉक की मौत

(सन् 1828 में 'द कीपास्क' के संपादक श्रीमान् एफ.एम. रेनॉल्ड के समय यह विवादाग्रस्त मामला जिस तरह से पेश हुआ था, इसमें किसी भी तरह की भूमिका की जरूरत नहीं है।)

अगस्त 1831

सेवा में,

संपादक, द कीपास्क।

सर, आपने मुझे इसके मुख्य विषय पर पेंसिल से रेखांकित करने के लिए कहा था, परंतु मुझे आपका अनुरोध पूरा करने में परेशानी हो रही है। हालाँकि मैं इसके भाषा विन्यास का अभ्यस्त नहीं हूँ और इसकी परंपरा एवं इतिहास से भी अपरिचित हूँ, जिसमें कलात्मकता भी भरी हुई है; किंतु इसमें वाकई निर्विवाद रूप से सैद्धांतिक कथ्य भी है—इसकी कविता और चित्र, दोनों ही मानवीय परिकल्पना की उत्तेजना को समान रूप से व्यक्त करते हैं, साथ-ही-साथ यह उत्कृष्ट एवं आनंददायक दृश्य भी प्रस्तुत करता है। फिर भी इनमें से एक स्वत: ही कानों से समझा जाता है और दूसरे के लिए आँखों का उपयोग करना पड़ता है। इनकी विषय-वस्तु एक कवि या कहानीकार के लिए अधिक उपयुक्त है, जबकि चित्र के रूप में यह उपयुक्त नहीं है, क्योंकि कलाकार को अपनी

कला में अपनी संपूर्ण कलात्मकता को एक ही झलक में प्रस्तुत करना चाहिए। एक कलाकार न तो अतीत की पुनर्विवेचना ही कर सकता है और न ही भविष्य की सूचना देता है। वह तो सिर्फ वर्तमान प्रस्तुत करता है, इसीलिए निर्विवाद रूप से बहुत से विषय, चाहे वास्तविक हों या काल्पनिक, हमें कविता में तो आनंदित कर देते हैं, परंतु वे कैनवास पर चित्रों के रूप में प्रस्तुत नहीं किए जा सकते हैं।

एक कलाकार न तो अतीत की पुनर्विवेचना ही कर सकता है और न ही भविष्य की सूचना देता है। वह तो सिर्फ वर्तमान प्रस्तुत करता है, इसीलिए निर्विवाद रूप से बहुत से विषय, चाहे वास्तविक हों या काल्पनिक, हमें कविता में तो आनंदित कर देते हैं, परंतु वे कैनवास पर चित्रों के रूप में प्रस्तुत नहीं किए जा सकते हैं।

इन परेशानियों को समझने के साथ-ही-साथ जिस अर्थ के द्वारा ये परिष्कृत और उत्कृष्ट बनाए जा सकते हैं, उससे मैं अपरिचित हूँ तथा मैंने इनकी विवेचना एक कहानी के रूप में नहीं की और जब मुझे इसके बारे में पता चला, तब मेरी जिज्ञासा एक पल के लिए पीड़ादायक जुनून के रूप में सिमट गई, जिसे एक ही झलक में समझा व इसके प्रति सहानुभूति भी रखी जा सकती है। इसीलिए मुझे लगता है कि वह कुछ उन कथाकारों के लिए एक संकेत के रूप में अवश्य ही स्वीकार्य हो सकती है, जिन्होंने हाल के वर्षों तक ब्रिटिश स्कूल में पले-बढ़े होने के रूप में अपनी पहचान बनाई है। वैसे इस बारे में अबतक काफी कुछ कहा और गाया जा चुका है—

'संघर्ष के लिए तैयार मैदान
सीमा पर होनेवाली युद्ध जैसी स्थिति'

उपर्युक्त चित्रण इंग्लैंड और स्कॉटलैंड के संगठित होने से पूर्व वहाँ

रहनेवाली जनजातियों की आदतों के बारे में बहुत से पाठकों को परिचित कराने के लिए प्रस्तुत किया गया है। उनके स्वभाव की कठोरता और दृढ़ता कला के प्रति उनके लगाव से ही सौम्य होती थी और इससे यह कहावत भी निकली कि उन सीमांत लोगों के लिए वहाँ की हर घाटी का संबंध युद्ध से था और वहाँ की प्रत्येक नदी का एक संगीत था। इस कठोर जाति की शूरता निरंतर जारी थी और युद्ध-विराम के बीच मनोरंजन के लिए उनमें अकेला होनेवाला द्वंद्व भी होता रहता था, जिनकी परिणति युद्ध के ही रूप में होती थीं। इस रिवाज की दृढ़ता निम्न दृष्टांत से ही प्रस्तुत होती है—

बर्नर्ड गिलपिन, जोकि उत्तरी क्षेत्र की प्रोटेस्टेंट चर्चों का धर्मोपदेशक होने के साथ-साथ सीमावर्ती घाटी क्षेत्र के बाशिंदों को धार्मिक उपदेश देनेवाला पहला पादरी भी था। एक दिन जैसे ही वह अपने एक चर्च में घुसा, उसे यह देखकर बहुत ही आश्चर्य हुआ कि वहाँ हैंगर पर युद्ध में इस्तेमाल होनेवाला एक मर्दाना दस्ताना टँगा हुआ था। इस पवित्र स्थान पर ऐसी अशोभनीय चीज को देखकर उसने पूछताछ शुरू की। तब उसे वहाँ के क्लर्क से पता चला कि वह दस्ताना वहाँ के एक मशहूर तलवारबाज का था और वही उसे वहाँ एक खुली चुनौती के रूप में टाँग गया है। उसके अनुसार, जो भी इसे नीचे उतारने का साहस करेगा, उसे उस तलवारबाज के साथ द्वंद्वयुद्ध की चुनौती को स्वीकारना माना जाएगा। "मुझे दस्ताने तक पहुँचने दो!" पादरी ने कहा। गिरजाघर के क्लर्क और घंटी बजानेवाले ने एक ही साथ इसके लिए मना कर दिया, पर बर्नर्ड गिलपिन ने आगे बढ़कर अपने ही हाथों से उस दस्ताने को वहाँ से उतारते हुए यह इच्छा व्यक्त की कि वहाँ मौजूद लोगों में से जो भी चाहे, जाकर उस तलवारबाज योद्धा को बता दे कि उसका दस्ताना किसी और ने नहीं, बल्कि स्वयं पादरी ने चुनौती स्वीकार करते हुए नीचे उतार लिया है, किंतु उस योद्धा को पादरी बर्नर्ड गिलपिन का सामना करते

समय बहुत ही शर्म महसूस हुई, क्योंकि चर्च के अधिकारियों ने उसके युद्ध के अनुरोध को नकार दिया था।

उपर्युक्त कहानी क्वीन एलिजाबेथ के शासनकाल के बाद के वर्षों की है और यह घटना लिंडस्टेल की एक पहाड़ी एवं रॉक्सबर्गशायर के चरागाह वाले जिले की है, जिसमें इसकी सीमा का एक हिस्सा इंग्लैंड से सिर्फ एक छोटी सी नदी से ही अलग होता था।

पुराने अच्छे दिनों को याद करें, जिसमें इस खींचातानी, यानी युद्ध जैसी स्थिति को बहुत ही लगाव के साथ याद किया जाता रहा है और यह घाटी खासतौर से आर्मस्ट्रांग लोगों की जातियों के द्वारा ही बसी थी। इन युद्धप्रेमी जातियों का मुखिया मैनगर्टन का सामंत था। मैं जिस समय की बात कर रहा हूँ, वह समय मैनगर्टन की जागीरदारी के काल का है, जिसका शक्तिशाली सामंत जॉन आर्मस्ट्रांग था। जॉन आर्मस्ट्रांग एक विशालकाय, ताकतवर और साहसी व्यक्ति था। जब उसका पिता जीवित था, तब उसके यहाँ के लोग उसी के नाम के ही थे और उसे 'सामंत का जॉक' कहकर पुकारा जाता था। कहने का अर्थ है—सामंत का बेटा। उसका यह नाम उसकी बहादुरी की कई उपलब्धियों के बाद उसकी पहचान भी बना, यहाँ तक कि उसके पिता की मृत्यु के बाद उसका यही नाम कई प्रामाणिक अभिलेखों और परंपराओं में भी शामिल हो चुका था। उसके कुछ साहसिक कारनामे स्कॉटलैंड की सीमा के काव्यों और समकालीन इतिहास में भी दर्ज हैं।

जहाँ तक द्वंद्वयुद्ध का प्रश्न है, इसमें हम पहले भी बता चुके हैं कि सामंत के बेटे जॉक का कोई भी प्रतिद्वंद्वी नहीं था तथा कंबरलैंड, वेस्टमोरलैंड या नॉर्थ कंबरलैंड का कोई भी योद्धा उसकी वजनी दोधारी तलवार का सामना नहीं कर सकता था। यह वही तलवार थी, जिसे कुछ ही लोग उठा पाते थे। उस समय के लोगों ने तो इसे 'भयानक तलवार'

का नाम दे दिया था। इस तलवार से उसे बहुत ही प्यार था, क्योंकि यह अपने दुश्मनों पर अपनी विजय उसी तरह साबित कर चुकी थी, जिस तरह से ईसाई जगत् ने दुश्मनों पर प्रसिद्ध तलवार से विजय हासिल की थी। उसे यह तलवार एक मशहूर अंग्रेज बागी हॉबी नोबल से विरासत में मिली थी, जोकि कानून के खतरे से बचकर लिंडसडेल भाग गया था और वहाँ पहुँचकर मशहूर सामंत जॉक का अनुयायी और अंगरक्षक बन गया था। वह वहाँ तब तक रहा, जब तक कि हॉबी नोबल को एक धोखेबाज मार्गदर्शक की वजह से इंग्लैंड के साथ लड़ाई में पकड़ नहीं लिया गया और फिर मार भी दिया गया था; मगर इस समय उसके पास अपनी उस भारी-भरकम दोधारी तलवार के बजाय सिर्फ हलकी सी एकधारी तलवार ही थी।

अब अपनी उसी तलवार की ताकत और पहचान के बल पर जमींदार जॉक ने उस सीमांत इलाके में एक बेहतर तलवारबाज की ख्याति प्राप्त कर ली थी। जिन भी लोगों ने उसके साथ युद्ध किया, उन्हें उसने उसी तलवार से मौत के घाट उतार दिया था, किंतु समय तो समान रूप, तगड़े, बहादुर और कमजोर व डरपोक सभी के साथ बीतता चला गया। समय के साथ सामंत जॉक अपनी उस भारी-भरकम तलवार को उठा पाने में भी असमर्थ हो गया था, यहाँ तक कि वह अपने बहुत ही साधारण कामों को भी कर पाने में कठिनाई महसूस करता था। इस

अब अपनी उसी तलवार की ताकत और पहचान के बल पर जमींदार जॉक ने उस सीमांत इलाके में एक बेहतर तलवारबाज की ख्याति प्राप्त कर ली थी। जिन भी लोगों ने उसके साथ युद्ध किया, उन्हें उसने उसी तलवार से मौत के घाट उतार दिया था, किंतु समय तो समान रूप, तगड़े, बहादुर और कमजोर व डरपोक सभी के साथ बीतता चला गया।

समय वह एक कमजोर, दुर्बल योद्धा पूरी तरह से अपनी एकमात्र बेटी पर निर्भर हो चुका था और वही उसकी देखभाल भी करती थी।

अपनी उसी कर्तव्यपरायण बेटी के अलावा सामंत जॉक का एक बेटा भी था, जोकि अपने उसी पुराने जोखिम भरे काम की जिम्मेदारी सँभाले हुए था, जिसमें उसे अपने पड़ोसी देश के साथ युद्ध जैसी स्थिति को बनाए रखना भी शामिल था। युवा आर्मस्ट्रांग बहुत ही बहादुर और तेज-तर्रार योद्धा था तथा वह जब भी घर वापस लौटता, उसके पास अपने साहसिक कारनामों पर हासिल हुई विजय के तमगे भी होते थे। फिर भी उस पुराने सामंत को लगता था कि उसके बेटे में उम्र होने के बावजूद भी उस दोधारी तलवार के इस्तेमाल के अनुभव की थोड़ी कमी है, जबकि वही भयानक तलवार कभी उसकी पहचान बनी हुई थी।

एक बार फास्टर नाम के अंग्रेज योद्धा ने धृष्टतापूर्वक लिंडसडेल में ही वहाँ के सर्वश्रेष्ठ तलवारबाज, यानी उस युवा आर्मस्ट्रांग को द्वंद्वयुद्ध की चुनौती दे दी। परिणामत: शूरता की पहचान बनाने को उतावले आर्मस्ट्रांग ने इस चुनौती को स्वीकार कर लिया था।

जब उस अशक्त, दुर्बल बूढ़े सामंत आर्मस्ट्रांग ने इस युद्ध की चुनौती के बारे में सुना, तब वह खुशी से फूला नहीं समाया तथा इस द्वंद्वयुद्ध के लिए उसी पुरानी जगह का चयन किया गया, जोकि उसकी बहुत सी विजय की पहचान भी बन चुकी थी। वह इस प्रतियोगिता के अनुमान से ही अति उल्लसित था, क्योंकि वह अपने बेटे में बहादुरी की भावना भरने के साथ-साथ अपने वंश और राज्य की शूरता भी प्रदान कर चुका था तथा उसकी वह मशहूर विजयी तलवार अभी तक उसके कब्जे में थी। केवल इतना ही नहीं, प्रतियोगिता वाले दिन वह अशक्त बूढ़ा जॉक, जोकि पिछले दो सालों से बिस्तर से भी नहीं उठा था, उसकी बेटी के बार-बार मना करने के बाद भी इस द्वंद्वयुद्ध को देखने पहुँचा। उसकी इच्छा अभी भी उसके आदमियों के लिए एक कानून की तरह

मान्य थी और उन्होंने ही उसे अपने कंधों पर उठाकर तथा कंबलों व शॉल में लपेटकर प्रतियोगिता स्थल के उसी शिलाखंड पर बैठा दिया, जोकि अभी भी सामंत जॉक के शिलाखंड के नाम से जाना जाता था। वहाँ बैठने के बाद उसने उस सूची की तरफ अपनी आँखें गड़ा दीं, जिसपर प्रतियोगिता में शामिल होनेवाले योद्धाओं के नाम लिखे थे। उसकी बेटी उसके आराम का पूरा खयाल रखते हुए उसी के बगल में ही खड़ी थी, पर उसके मन में अपने बूढ़े बीमार पिता के स्वास्थ्य की बेचैनी और अपने प्यारे भाई के द्वंद्वयुद्ध को भी देखने की इच्छा थी। द्वंद्व शुरू होने से पहले बूढ़े जॉक ने अपने मुखिया की तरफ देखा, जिसे वह कई सालों के बाद देख रहा था। उसने उसके साथ अपनी दु:खद शक्तिहीन शारीरिक स्थिति की तुलना की और फिर अपने पुराने दिनों को याद किया। युवा लोग भी उसके विशाल आकार और मजबूत काठी को हसरत भरी निगाहों से देख रहे थे।

इसी बीच दोनों ही तरफ से तेज तुरही की आवाजों ने वहाँ मौजूद दोनों ही देशों के लोगों का ध्यान अपनी तरफ खींचा। ये वही लोग थे, जोकि उस दिन द्वंद्व प्रतियोगिता के गवाह बनने को आतुर थे। प्रतिस्पर्धियों की सूची का मिलान हो चुका था। वैसे इस संघर्ष की विवेचना करना व्यर्थ है, क्योंकि स्कॉटलैंड का योद्धा जमीन पर गिरा हुआ था और फास्टर ने अपने प्रतिद्वंद्वी की छाती पर पैर रखकर उसकी उसी विजयी तलवार को अपने कब्जे में करते हुए विजय की ट्रॉफी के रूप में उसका सिर धड़ से अलग कर दिया। वहाँ मौजूद इंग्लैंड के लोग विजय के उल्लास में चीख पड़े, किंतु वहीं मौजूद उस बूढ़े योद्धा का हताश रुदन भी इन्हीं चीखों में शामिल था, जोकि अपनी फटी-फटी आँखों से अपनी उसी विजयी तलवार की तरफ देख रहा था तथा अपने देश का अपमान भी सह रहा था, क्योंकि अब वह तलवार उस अंग्रेज योद्धा के हाथों में थी और वह इसे हवा में ऊपर उठा कर विजय की मुद्रा में चीख रहा था।

शिलाखंड पर बैठे उस बूढ़े योद्धा के दोनों हाथ ऊपर आसमान की तरफ हताशा, भय और अपनी शक्तिहीनता के प्रदर्शन के रूप में उठे हुए थे। उसके कंधों पर पड़ा शॉल जमीन पर गिर पड़ा था। ऐसा मालूम पड़ रहा था कि वह रुदन मनुष्य का न होकर किसी मरते हुए शेर का था। वहाँ मौजूद उसके सहयोगियों ने उसे हाथों का सहारा देकर उठाया और उसके महल में उसके दुःख के साथ उसे पहुँचा दिया, जहाँ अब उसकी बेटी कुछ पलों के लिए तो अपने भाई की मौत पर रोई और फिर अपने बूढ़े हताश पिता को सांत्वना देने के लिए चुप हो गई, किंतु उस बूढ़े पिता के लिए इस दुःख को सह पाना मुश्किल था। उसका दिल पूरी तरह से टूट चुका था। बेटे की मौत का दुःख उसे सालता जा रहा था। वह जितना भी उसके बारे में सोचता, उसे लगता था कि अपने बेटे के माध्यम से वह अपने देश का सम्मान और अपना वंश खो चुका था। अपनी इसी निरंतर हो रही पीड़ा, जिसमें उसे अपनी उस महान् तलवार के भी जाने का दुःख था, वह बिना एक बार भी अपने बेटे का नाम लिये तीन ही दिनों के भीतर हमेशा-हमेशा के लिए चिरनिद्रा में सो गया।

शिलाखंड पर बैठे उस बूढ़े योद्धा के दोनों हाथ ऊपर आसमान की तरफ हताशा, भय और अपनी शक्तिहीनता के प्रदर्शन के रूप में उठे हुए थे। उसके कंधों पर पड़ा शॉल जमीन पर गिर पड़ा था। ऐसा मालूम पड़ रहा था कि वह रुदन मनुष्य का न होकर किसी मरते हुए शेर का था।

उस पल के बारे में सोचकर मुझे लगता है कि जब वह अशक्त मुखिया अपनी आंतरिक पीड़ा के साथ अंतिम पलों में उठ रहा था, वही पल उस चित्रकार का सबसे अनुकूल पक्ष था। वह उस टूटे हुए बुजुर्ग की भयावह हताशा के साथ वहाँ मौजूद नारी के सौंदर्य एवं कोमलता

3

पेंटिंग वाला कमरा

जहाँ तक भी याद्दाश्त ने मेरा साथ दिया है, निम्नांकित विवेचना का माध्यम कलम ही रही है। वैसे यह हू-ब-हू उसी तरह से पेश की गई है, जैसा लेखक के कानों ने इसे सुना था। इसके चरित्रों का न तो लेखक ने गुणगान ही किया है और न ही उन पर नियंत्रण। वे चरित्र जिस भी तरह के—अच्छे या बुरे हैं, उन्हें उसी रूप में पेश किया गया है, साथ-ही-साथ कहानी की सरलता को अलंकृत हस्तक्षेप से भी बचाया है।

इसी के साथ यह भी मानना चाहिए कि जब कुछ खास तरह की कहानियाँ सुनाई जाती हैं, तब वे चित्र के बजाय अपना अलग ही प्रभाव डालती हैं। इसके घटनाक्रमों को जब दोपहर में सुनाया जाता था, तब इसका सामान्य प्रभाव पड़ता था, परंतु जब अलाव के पास बैठे इसके संपादकों को इसके रहस्यमय व भयावह किस्से को वह धीमी आवाज में सुनाता, तब उसकी प्रामाणिकता भी सिद्ध हो जाती थी। लेखक ने तकरीबन बीस साल पहले लिचफील्ड की मिस सेवर्ड से ऐसी ही स्थिति में यह कहानी सुनी थी। मिस सेवर्ड की अन्य विशेषताओं के साथ ही अपने निजी वार्त्तालापों में उनकी विवेचना शक्ति अद्‍भुत थी। वैसे, कहानी सुनानेवाली की बेहतरीन लोचदार आवाज के बावजूद इस कहानी को कई बार अपनी संपूर्ण रोचकता से महरूम होना पड़ा। हालाँकि शाम

के विरोधाभास का भी लाभ उठा सकता था। उस भयावह जगह को इस रूप में भी समझा जा सकता था कि इन दोनों ही प्रमुख पात्रों को एक ही रूप में विवेचित करते हुए, जिसमें एक योद्धा अपने मृत पुत्र को पकड़े हुए था और उसके देश का सम्मान जा चुका था। इस प्रकार वह चित्र एक ही झलक में स्पष्ट हो जाएगा। यदि उस द्वंद्व की प्रकृति को स्पष्ट करना अति आवश्यक था, तब इसे एक तरफ सेंट जॉर्ज के द्वारा और दूसरी तरफ सेंट एंड्रयू के द्वारा फहराए जा रहे ध्वज के माध्यम से भी दरशाया जा सकता था।

आपका आज्ञाकारी सेवक

वेवर ले का लेखक

□

होने के बाद धुँधलके अँधेरे में कम होती रोशनीवाले एकांत अपार्टमेंट में यह अपने पात्रों को एक भूतिया कहानी का अहसास जरूर दे सकती है। मिस सेवर्ड ने हमेशा यह दावा किया था कि उन्हें यह सूचना अपने विश्वस्त सूत्रों से ही प्राप्त हुई थी। हालाँकि उन्होंने इसके दो प्रमुख व्यक्तियों के नाम छिपा लिये थे। मुझे इस बारे में जो कुछ भी बताया गया है, उसे मैं अपने पास नहीं रखूँगा, साथ-ही-साथ मैं इसके घटनाक्रमों में कुछ भी जोड़ूँ या घटाऊँगा भी नहीं। अलौकिक भयावहता की यह कहानी मैंने जैसे सुनी, वैसे ही पेश भी करूँगा।

> *अमेरिका की लड़ाई के खत्म होने के बाद लॉर्ड कार्नवॉलिस की आर्मी के अधिकारी, जिन्होंने यार्कटाउन में समर्पण कर दिया था तथा अन्य बहुत से लोगों को नीति विरुद्ध ढंग से युद्धबंदी भी बना लिया था और जब वे सैन्य अधिकारी वापस अपने देश लौट रहे थे, तब अपनी थकान को मिटाते हुए आराम के पलों में अपने साहसिक अनुभवों की बातें करते थे।*

अमेरिका की लड़ाई के खत्म होने के बाद लॉर्ड कार्नवॉलिस की आर्मी के अधिकारी, जिन्होंने यार्कटाउन में समर्पण कर दिया था तथा अन्य बहुत से लोगों को नीति-विरुद्ध ढंग से युद्धबंदी भी बना लिया था और जब वे सैन्य अधिकारी वापस अपने देश लौट रहे थे, तब अपनी थकान को मिटाते हुए आराम के पलों में अपने साहसिक अनुभवों की बातें करते थे। उन्हीं में से एक अधिकारी को मिस सेवर्ड ने 'ब्राउन' नाम दिया था। वैसे तो जहाँ तक मैं समझता हूँ, यह नाम उन्होंने अपनी सुविधा के लिए उसी अनाम एजेंट को दे रखा था। वह अधिकारी अपने कार्य में कुशल होने के साथ-साथ अपने परिवार में भी विशेष स्थान रखता था। अपनी इन्हीं यात्राओं के दौरान जनरल ब्राउन को एक बार वहाँ के पश्चिमी

इलाकों से होकर गुजरना पड़ा था। यह एक छोटा सा खूबसूरत देहाती कस्बेनुमा इंग्लिश शहर था।

इस छोटे से कस्बे में एक पुराना चर्च था, जिसका ऊँचा टावर वहाँ की सदियों पुरानी आस्था को दरशा रहा था। इसके सामने दूर-दूर तक फैले चरागाह और मक्के के खेत तथा उन्हें बाँटते हर आकार के बाड़नुमा पेड़ भी मौजूद थे। वहाँ आधुनिकता के कुछ ही चिह्न नजर आते थे। वैसे इस जगह को न तो इसके एकाकीपन ने ही खत्म किया और न ही यहाँ आधुनिकता की चहल-पहल ही थी। यहाँ के मकान पुराने होने के बावजूद अच्छी हालत में थे। शहर के बाईं तरफ एक छोटी नदी बिना किसी बाँधयुक्त अवरोध के पूरी स्वतंत्रता से बह रही थी।

महत्त्वपूर्ण दृष्टि से देखा जाए तो शहर के दक्षिण में करीब एक मील दूर विशाल चीड़ के वृक्षों और घनी झाड़ियों के बीच कुछ किलेनुमा मकानों के बुर्ज वैसे ही नजर आ रहे थे, जैसे यॉर्क और लैंचेस्टर में थे; परंतु उन्हें देखकर लगता था कि एलिजाबेथ के समय और उनके बाद के वारिसों ने इनमें कुछ खास बदलाव के काम कराए थे। वैसे यह बहुत बड़े आकार के नहीं थे, पर इनमें दीवारों के बीच की जगह पर्याप्त थी। कम-से-कम यही वे संदर्भ थे, जिन्हें जनरल ब्राउन ने धुआँ निकालनेवाली उन ऊँची चिमनियों को देखकर निकाला था। मैदान के साथ-साथ इसकी चहारदीवारी भी सड़क के किनारे तकरीबन तीन सौ गज गई थी तथा इनमें से कुछ जगहों को देखकर जंगली दृश्यों का भी अंदाजा लगता था। दूसरी तरफ, सामने एक पुराना किला था, जिसके एक तरफ खासतौर से ऊँची मीनार बनी थी। किले के अन्य हिस्सों की बनावट की सादगी और मजबूती देखकर लगता था कि वे प्रदर्शन से अधिक सुरक्षा के लिए बनाए गए थे। जनरल ने जंगल और जंगली रास्तों के बीच से नजर आ रहे उस सामंतशाही दुर्ग को आश्चर्यमिश्रित प्रसन्नता से देखा और अपनी जिज्ञासा की शांति की

चाहत लिये पत्थरों की सड़क से होता हुआ एक सराय के दरवाजे पर पहुँचकर रुक गया।

अपने घोड़ों को आगे बढ़ने का आदेश देने से पहले जनरल ब्राउन ने उस किले के मालिक के बारे में जानने की उत्सुकता दिखाई और मन-ही-मन वह इसके रखरखाव की तरफ भी आकर्षित हुआ, पर जैसे ही उसने इसके मालिक का शाही नाम 'लॉर्ड वुडविली' सुना, उसे एक आनंदमिश्रित आश्चर्य हुआ। यह ही सौभाग्य था कि युवा वुडविली के साथ जनरल ब्राउन के अपने स्कूल एवं कॉलेज के दिनों की यादें भी जुड़ी हुई थीं। वैसे यह सब उसे कुछ सवालों के पूछने के बाद ही पता चला था कि वह युवा कुछ ही महीने पहले हुई अपने पिता की मृत्यु के बाद उस जागीर का वारिस बना था। बातों-ही-बातों में जनरल ने यह भी जान लिया था कि शोककाल की समाप्ति के बाद अब वहाँ मौज-मस्ती, खेल आयोजन और पार्टियाँ भी शुरू हो चुकी थीं। यह भी उस यात्री के लिए खुशी की खबर थी कि फ्रैंक वुडविली, रिचर्ड ब्राउन का कॉलेज के दिनों का साथी था तथा उनके शौक भी तकरीबन एक ही जैसे थे। वैसे इस समय एक सैनिक का दिल अपने पुराने साथी से उसी के किले में मिलने के लिए मचल रहा था। वहाँ के सराय के मालिक ने अपनी एक आँख दबाते हुए उसे वहाँ मजे लेते हुए सम्मान पाने का भी इशारा किया। इन हालातों में किसी भी यात्री के लिए अपनी यात्रा स्थगित करना स्वाभाविक ही था, वह भी तब, जब खासतौर से वह अपने पुराने मित्र से मिलने जा रहा हो।

जनरल का काफिला अब ताजादम हो चुके घोड़ों के साथ वुडविली के किले की तरफ बढ़ चला। तभी गोथिक लॉज से उनके साथ चल रहे कुली ने आगंतुकों के आगमन की सूचना देनेवाली घंटी बजाई और घंटी की आवाज सुनते ही किले में मौजूद एक टुकड़ी का ध्यान अपनी ओर आकर्षित किया। उस टुकड़ी में बहुत से युवा स्पोर्ट्स की पोशाकों

में किले के भीतर होनेवाले खेल के कोर्ट की तरफ बढ़ रहे थे तथा वहीं मौजूद कुछ पहरेदारों ने कुत्तों की चेन भी पकड़ रखी थी। जनरल ब्राउन ने हॉल के फाटक की तरफ से युवा सामंत को आते देखा। एक पल के लिए तो वह जनरल को अपरिचित की तरह देखता रहा। शायद युद्ध की थकान और इसके घावों ने उसमें एक बड़ा बदलाव ला दिया था, पर उसका यह भाव अधिक देर तक न टिक सका। जैसे ही उसने जनरल की आवाज सुनी, उनके बीच की वह दूरी अपने आप ही मिट गई थी। उसे जनरल के साथ बिताए अपने स्कूल और कॉलेज के दिन फिर से याद आ गए।

जनरल ब्राउन ने हॉल के फाटक की तरफ से युवा सामंत को आते देखा। एक पल के लिए तो वह जनरल को अपरिचित की तरह देखता रहा। शायद युद्ध की थकान और इसके घावों ने उसमें एक बड़ा बदलाव ला दिया था, पर उसका यह भाव अधिक देर तक न टिक सका। जैसे ही उसने जनरल की आवाज सुनी, उनके बीच की वह दूरी अपने आप ही मिट गई थी।

लॉर्ड विली बोला, "डियर ब्राउन! यदि कोई मुझे ईश्वर से कुछ माँगने के लिए कहे तो मैं सिर्फ तुम्हारी तुम्हारे आदमियों के साथ इस अवसर पर यहाँ मौजूदगी ही माँगूँगा। यह मत सोचना कि इतने दिनों तक तुम मेरे पास नहीं थे तो मुझे तुम्हारी खबर नहीं थी। मैं तुम्हें तुम्हारे खतरों, तुम्हारी विजय, तुम्हारी बदकिस्मती—सभी में तुम्हें तलाशता रहा। मुझे अपने पुराने दोस्त की हर जीत और हार के साथ जुड़ने में खुशी महसूस होती थी।"

जनरल ने भी अपने मित्र की भावनाओं का जवाब उसी के अनुरूप दिया।

"नहीं! तुमने अभी कुछ भी नहीं देखा," लॉर्ड विली ने फिर कहा,

"और मुझे यकीन है कि जब तक तुम यहाँ से भलीभाँति परिचित नहीं हो जाते, तुम मुझे छोड़कर जाओगे भी नहीं। यह सच है कि मेरा यह आयोजन थोड़ा बड़ा है और इसके मुताबिक यहाँ जगह कम है, फिर भी मैं तुम्हें पुराने फैशन वाला आरामदेह कमरा उपलब्ध करा दूँगा और मुझे उम्मीद है कि तुम्हारी सैन्य भावना ने तुम्हें हर हाल में खुश रहना जरूर सिखाया होगा।"

जनरल ने खुशी से अपने कंधे उचकाए और हँसते हुए कहा, "मैं भी ऐसा ही सोचता हूँ, पर तुम्हारे किले का जो सबसे खराब कमरा होगा, वह भी उस लड़ाई वाले बंकर से बेहतर होगा, जिसमें मैंने वर्जीनिया की लड़ाई के दौरान अपनी टुकड़ी के साथ रातें बिताई थीं। वहाँ भी मैं बहुत मस्ती से रहा और अपने ओढ़ने-बिछौने से भी बहुत खुश था, जोकि मेरे इस्तेमाल के बाद किसी काम लायक नहीं बचे थे। उस जगह को छोड़ते वक्त मैंने अपनी नम आँखों से वहाँ मौजूद शराब के बैरल को विदाई भी दी थी।"

लॉर्ड विली ने कहा, "ठीक है, अब तुम्हें परेशान होने की जरूरत नहीं है। तुम कम-से-कम एक हफ्ते तक मेरे साथ ही रहोगे, जहाँ सभी तरह के खेलकूद और मौज-मस्ती भी रहेगी, जिसकी यहाँ कोई कमी नहीं है। यदि तुम शिकार करना चाहो तो मैं तुम्हारे साथ रहूँगा और देखूँगा कि तुम्हारी निशानेबाजी में कितना बदलाव आया है?"

जनरल ने अपने दोस्त की मेजबानी खुशी से स्वीकार कर ली। सुबह की एक्सरसाइज के बाद वहाँ की टुकड़ी जब डिनर के लिए आई, तब लॉर्ड वुडविली अपने मेहमान मित्र का परिचय उनसे कराने लगा। इन लोगों में बहुत से खास लोग भी थे। उसने जनरल ब्राउन से अपने उन अनुभवों के बारे में बताने के लिए कहा, जिनका कि वह साक्षी भी था। जनरल की खतरे और बहादुरी भरी बातें सुनकर वहाँ मौजूद टुकड़ी के मन में उसके लिए सम्मान का भाव था।

वुडविली के महल में दिन वैसे ही खत्म हुआ, जैसे कि इस तरह के महलों का होता था। वहाँ की मेजबानी भी ठीक-ठाक ढंग से खत्म हो चुकी थी। शराब, खाना, ताश और बिलियर्ड्स के साथ संगीत का भी आयोजन था, पर चूँकि सुबह की एक्सरसाइज के लिए जल्दी उठना पड़ता था, इसलिए रात को ग्यारह बजे के बाद बहुत से मेहमान अपने-अपने कमरों में सोने चले गए।

युवा सामंत ने अपने मित्र जनरल ब्राउन को अपने वादे के अनुसार वैसा ही कमरा उपलब्ध करा दिया, जोकि आरामदेह होने के साथ-साथ पुराने फैशन का भी था। कक्ष में पड़ा बिस्तर काफी बड़ा था और उसे देखकर लगता था कि वह शायद सत्रहवीं सदी के आखिर का ही होगा। कमरे में पड़े सिल्क के थोड़े बदरंग-से परदे, जिनके किनारे सुनहरे थे तथा बिस्तर पर पड़ी चादर, तकिया, कंबल भी मन खुश कर देनेवाला था। कक्ष में दीवार पर टँगी कपड़े वाली पेंटिंग में एक उदासी-सी नजर आ रही थी तथा पुरानी खिड़की से आती ठंडी हवा से इसके लहरियादार कपड़ों के थपथपाने और सीटी जैसी आवाज भी निकलती थी। कक्ष का टॉयलेट भी इसके शीशे के साथ काफी पुराना था तथा इसके विचित्र से आकार वाली दराजें भी काफी पुराने समय की ही थीं, किंतु यहाँ मौजूद दो बड़ी मोमबत्तियाँ बड़ी मस्ती से जल रही थीं तथा इनसे प्रतिस्पर्धा करनेवाली वहाँ की चिमनी की आग ही थी, जोकि इस सुव्यवस्थित कक्ष को और भी आरामदेह बनाए हुए थी।

"यह पुराने फैशन वाला शयनकक्ष है, जनरल!" युवा सामंत ने कहा, "मगर मुझे उम्मीद है, तुम्हें यहाँ किसी भी तरह की तकलीफ नहीं होगी।"

"मैं अपने ठहरने की जगह के बारे में बहुत नहीं सोचता हूँ," जनरल ने जवाब दिया, "फिर भी, यदि मुझे चुनना हो तो मैं तुम्हारे अन्य कमरों में से इसे ही पसंद करूँगा। मेरा यकीन करो, जब मैं यहाँ की

खुशनुमा हवा और भव्य प्राचीनता को महसूस करता हूँ और मुझे लगता है कि यह तुम्हारी संपत्ति है, तब मैं लंदन के किसी बेहतर होटल की तुलना में इसे बढ़िया मानता हूँ।"

"मुझे विश्वास है कि आपको यहाँ अवश्य ही आराम मिलेगा, जनरल!" युवा सामंत ने 'शुभरात्रि' कहकर अपना हाथ हिलाया और फिर विदा ले ली।

जनरल ने एक बार फिर से उनकी तरफ देखा और फिर अपनी पुरानी तकलीफों और खतरों को याद करते हुए इस शांतिप्रिय स्थिति के लिए मन-ही-मन स्वयं को ही धन्यवाद दिया और फिर सोने की तैयारी करने लगा।

कहानी के रिवाज के खिलाफ जनरल को अगली सुबह तक के लिए उसके कमरे में ही छोड़ दिया गया।

सुबह जल्दी ही नाश्ते पर कंपनी के सभी लोग आ चुके थे, पर जनरल कहीं नजर नहीं आ रहे थे, जबकि वे लॉर्ड वुडविली के खास मेहमान थे। और सभी लोग वहाँ उनके सम्मान के लिए इकट्ठा भी हुए थे। लॉर्ड वुडविली ने जनरल की गैर-मौजूदगी पर आश्चर्य भी व्यक्त किया और उन्हें बुलाने के लिए अपना नौकर भेजा। नौकर ने वापस लौटकर बताया कि जनरल ब्राउन सुबह जल्दी ही दूर टहलने निकल गए थे और उन्होंने मौसम की भी अनदेखी की, जोकि अनुकूल न होते हुए कोहरे वाला भी था।

सुबह जल्दी ही नाश्ते पर कंपनी के सभी लोग आ चुके थे, पर जनरल कहीं नजर नहीं आ रहे थे जबकि वे लॉर्ड वुडविली के खास मेहमान थे। और सभी लोग वहाँ उनके सम्मान के लिए इकट्ठा भी हुए थे। लॉर्ड वुडविली ने जनरल की गैर-मौजूदगी पर आश्चर्य भी व्यक्त किया और उन्हें बुलाने के लिए अपना नौकर भेजा।

"यह एक सैनिक का रिवाज है," युवा सामंत ने अपने मित्रों से कहा कि बहुत से लोगों में सजग रहने की आदत होती है और चूँकि उनका कर्तव्य उन्हें जागरूक रहने के लिए प्रेरित करता है, इसलिए वे सुबह देर तक सो नहीं सकते।"

लॉर्ड वुडविली ने दूसरों को तो समझा दिया, पर उनके खुद के मन को वह संतुष्ट नहीं कर पाए थे और वे एक गंभीर चुप्पी के साथ जनरल के वापस लौटने का इंतजार करने लगे। तकरीबन एक घंटे के बाद अचानक नाश्ते की घंटी बजी और सामने जनरल बदहवास हालत में नजर आ रहा था। उसके बाल बिखरे हुए, कपड़े अस्त-व्यस्त और ओस में भीगे हुए थे। उसकी हालत एक मिलिट्री के आदमी के अनुरूप बिल्कुल भी नहीं थी।

"माई डियर, जनरल! लगता है, आज सुबह आप दूर तक टहलने चले गए थे या फिर आपको आपका बिस्तर पसंद नहीं आया होगा! क्या आपको रात को आराम नहीं मिला?"

"ओह! बहुत ही शानदार! बहुत ही अच्छा इंतजाम था, ऐसा मैंने अपने जीवन में कभी नहीं देखा था," जनरल ब्राउन ने जवाब दिया, पर उसकी घबराहट उसके मित्र से छिपी नहीं थी। उसने जल्दी-जल्दी एक कप चाय निगल ली और फिर चुपचाप शून्य में देखता रहा।

"जनरल! क्या आप आज अपने साथ बंदूक रखेंगे?" लॉर्ड ने अपने मेहमान से पूछा, पर उसे यही सवाल दो बार दुहराना पड़ा।

तभी अचानक जनरल ने जवाब दिया, "नहीं, नहीं! माई लॉर्ड, मैं अब और आपकी मेजबानी का आनंद नहीं उठा सकता हूँ। मैंने अपने घोड़ों को मँगा लिया है और अब वे जल्दी ही आते भी होंगे।"

वहाँ मौजूद सभी लोग जनरल के इस जवाब से चौंक पड़े और लॉर्ड वुडविली ने तुरंत ही पूछा, "घोड़े मँगा लिये, क्यों? तुमने तो मेरे साथ एक सप्ताह तक रुकने का वादा किया था!"

"मैंने भी ऐसा ही सोचा था," जनरल ने घबराहट में भरकर जवाब दिया, "मैंने सोचा था कि मैं आपके पास कुछ दिनों तक रुकूँगा, पर अब मुझे लगता है कि यह असंभव है।"

युवा लॉर्ड ने पूछा, "यह बड़ा ही अजीब सा है, आप कल तो बिल्कुल ही खाली थे और आपका कहीं से बुलावा भी नहीं आया तथा शहर से हमारी कोई डाक भी नहीं आई है, इसलिए आपकी भी कोई चिट्ठी नहीं आई होगी?"

जनरल ब्राउन बिना आगे कुछ बोले अस्पष्ट-सा कुछ बुदबुदाता रहा और अपने जाने की अनुमति पर जोर देता रहा, जबकि उसकी इस स्थिति पर उसे मेजबान मित्र और वहाँ मौजूद सभी लोग केवल चुप ही थे।

"ठीक है, डियर ब्राउन! आप जाना चाहते हैं, जरूर जाइए, पर मेरे साथ टेरेस पर चलिए। मैं आपको एक दृश्य दिखाना चाहता हूँ, जिसमें दूर ऊपर उठता कोहरा जल्दी ही नजर आएगा।"

यह कहते हुए वह खिड़की खोलता हुआ टेरेस पर उतर गया। जनरल ब्राउन भी उसके पीछे-पीछे यंत्रवत् चलता रहा, पर अपने मेजबान की कही बातों में उसकी रुचि नहीं थी। वह कहीं और खोया हुआ था। वे अभी साथ चल ही रहे थे कि लॉर्ड विली ने उसका ध्यान अपनी तरफ कुछ इस तरह से आकर्षित किया कि जैसे वह उसे बाकी लोगों से अलग ले जाकर कुछ पूछना चाहता हो।

"रिचर्ड ब्राउन, मेरे पुराने और प्यारे दोस्त! अब हम बिल्कुल अकेले हैं। आप एक मित्र और एक सैनिक रूप में भी अपनी बात मुझसे कह सकते हैं। आपकी पिछली रात कैसी बीती थी?"

"वाकई, बहुत ही बुरी, माई लॉर्ड," जनरल ने वैसी ही शांति से अपनी बात कही, "इतनी खराब कि मैं अब दूसरी रात यहाँ रुकने का जोखिम नहीं उठा सकता हूँ। और तो और, मैं इस महल से संबंधित

किसी भी जगह नहीं रुकूँगा, बल्कि मैं यहाँ से नजर आनेवाली किसी भी जगह नहीं रुक सकता।"

"बहुत ही अजीब बात है," उस युवा लॉर्ड ने खुद से बुदबुदाते हुए कहा, "तब इसका मतलब उस कमरे में कुछ-न-कुछ है जरूर।" और फिर जनरल की तरफ मुड़ते हुए पूछा, "ईश्वर के लिए मेरे प्यारे दोस्त, मुझे साफ-साफ बताओ कि उस कमरे में तुम्हारे साथ क्या हुआ था, जिसकी वजह से तुम परेशान हो?"

"बहुत ही अजीब बात है," उस युवा लॉर्ड ने खुद से बुदबुदाते हुए कहा, "तब इसका मतलब उस कमरे में कुछ-न-कुछ है जरूर।" और फिर जनरल की तरफ मुड़ते हुए पूछा, "ईश्वर के लिए मेरे प्यारे दोस्त, मुझे साफ-साफ बताओ कि उस कमरे में तुम्हारे साथ क्या हुआ था, जिसकी वजह से तुम परेशान हो?"

जनरल उसके इस अनुरोध पर थोड़ा बेचैन होता हुआ कुछ देर के लिए रुका और फिर कहने लगा, "मेरे प्यारे लॉर्ड! मेरे साथ पिछली रात जो कुछ हुआ, वह बहुत ही अजीब था। मेरे लिए उसका विवरण कर पाना भी मुश्किल है, परंतु मैं आपके अनुरोध पर उस पीड़ादायक रहस्यमय घटना के बारे में विस्तार से बताऊँगा। मैं जो घटना बताने जा रहा हूँ, उसे सुनकर दूसरे लोग मेरे बारे में एक कमजोर दिमागवाला, अंधविश्वासी, बेवकूफ तथा अपनी ही कल्पना से भ्रमित होनेवाले, डरे हुए आदमी का ही अंदाजा लगाएँगे, पर आप मेरे बचपन और युवावस्था से भी परिचित हैं और मुझ पर संदेह भी नहीं करेंगे कि जो चीजें मेरे जीवन के शुरुआती सालों में मुझसे दूर थीं, वे कमजोरियाँ बाद में मुझपर हावी हो गई थीं।" इतना कहकर वह थोड़ा रुका। तभी उसके मित्र ने जवाब दिया, "तुम्हारी बताई बातें जितनी भी विचित्र हों, मुझे उन पर पूरा यकीन है। तुम मुझ

पर शक मत करो। मुझे तुम्हारी दृढ़ता पर विश्वास है और मुझे यह भी पता है कि तुम्हारी मित्रता और तुम्हारा सम्मान, तुमने जो कुछ भी देखा है, उसकी अतिशयोक्ति से तुम्हें जरूर रोकेगा।"

"ठीक है!" जनरल ने कहा, "तब मैं तुम्हारी स्पष्टवादिता पर यकीन करते हुए तुम्हें पिछली रात की वह भयानक कहानी सुनाता हूँ, जिसे याद करने मात्र से ही मेरे मस्तिष्क को चोट पहुँचती है।"

वह कुछ देर के लिए रुका और देखा कि लॉर्ड वुडविली ध्यान से सुनने की मुद्रा में शांत थे, तो फिर उसने पेंटिंगवाले कमरे की बीती रातवाली कहानी सुनानी शुरू कर दी—

"माई लॉर्ड! जब आप मुझे पिछली रात जैसे ही कमरे में छोड़कर गए, मैंने अपने कपड़े बदले और सोने के लिए चला गया, पर सामने आतिशदान में जलती हुई लकड़ियों की चमक देखकर मुझे आपके साथ बिताए बचपन और युवावस्था की बातें याद आने लगीं, जिसकी वजह से मैं तुरंत सो न सका। मैं यह मानता हूँ कि मेरे पेशे की थकान, श्रम और इसके खतरे में शांतिदायक आनंद के लिए मित्रता व लगावयुक्त यादें बहुत ही सुखद थीं, जिन्हें मैं अपने युद्ध के दौरान बिल्कुल ही अलग कर चुका था।

"जब वह सुखद यादें मेरे दिमाग में घुमड़ रही थीं और धीमे-धीमे मुझे नींद की तरफ ले जा रही थीं कि तभी अचानक मैं सिल्क के गाउन की सरसराहट और ऊँची एड़ी के जूतों की आवाज सुनकर जाग गया। ऐसा लगा कि कोई औरत कमरे में टहल रही है। जल्दी से मैंने परदा हटाकर देखने की कोशिश की और तब मैंने देखा कि एक छोटे कद की महिला बिस्तर और उस आतिशदान के बीच से होकर गुजर रही थी। उस औरत का पिछला हिस्सा मेरी तरफ था। उसके कंधे और गरदन को देखकर मैंने अंदाजा लगाया कि वह कोई बुजुर्ग महिला थी और उसने पुराने फैशनवाला गाउन पहन रखा था। वैसे तो यह गाउन

ढीला-ढाला था, पर उसके गले में प्लेटें थीं, जोकि नीचे जमीन तक लटक रही थीं। मैंने सोचा कि यह किसी का अनधिकार प्रवेश है, पर अगले ही पल मैंने देखा कि यह किसी बुजुर्ग महिला के नश्वर शरीर से भी कुछ अधिक ही था, जोकि शायद मेरे यहाँ रुकने की वजह से कहीं और स्थानांतरित कर दी गई होगी तथा भूल व आदतवश यहाँ आ गई होगी। यह सोचकर मैं अपने बिस्तर में घुस गया और वहीं से थोड़ा खाँस दिया, ताकि उसे मेरी वहाँ मौजूदगी का अहसास हो जाए, वह आकृति धीमे से मेरी तरफ़ मुड़ी, पर हे भगवान्! क्या भयानक चेहरा उसने मुझे दिखाया···अब इस सवाल की कोई जरूरत नहीं थी कि वह कौन थी या वह कोई जिंदा चीज थी। उसके चेहरे की जगह एक भयानक घिनौना कंकाल था। ऐसा मालूम पड़ता था कि किसी भयानक अपराधी को कब्र में छोड़ दिया गया हो और उसकी आत्मा अपने पुराने पापों की वजह से भटक रही हो। मैं उठकर अपने बिस्तर पर बैठ गया और हथेलियों के सहारे उस भयावह दृश्य को फटी-फटी आँखों से देखता रहा। वह डायन धीमे से मेरे बिस्तर पर चढ़ गई और पालथी मारकर बैठ गई। उसका घिनौना चेहरा मुझसे सिर्फ एक ही गज की दूरी पर था। उसकी खीसें दुष्टता और पैशाचिक उपहास से भरी हुई थीं।"

थोड़ी देर के लिए जनरल ब्राउन रुका और अपनी भौंहों पर आए ठंडे पसीने को पोंछता हुआ बोला, "माई लॉर्ड! मैं डरपोक नहीं हूँ। मैंने अपनी जिंदगी में बहुत से नश्वर खतरे देखे हैं और मैं यह गर्व से कह सकता हूँ कि रिचर्ड ब्राउन की तलवार के सम्मान के बारे में सभी को पता है, पर इन भयानक परिस्थितियों में इस बुरी आत्मा के सामने मेरी सारी दृढ़ता मुझे छोड़ गई। मेरी सारी मर्दानगी मोम की तरह गल गई और मेरे रोंगटे खड़े हो गए थे। मेरे खून का बहाव तक रुक गया था और मैं एक गाँव की लड़की या फिर दस साल के लड़के की तरह डरकर

बेहोश हो गया था। मैं कितनी देर तक इस हालत में पड़ा रहा, मैं बता नहीं सकता हूँ।

"फिर जब किले की घड़ी ने एक बजाया, तब मैं घबराकर जाग गया। मुझे ऐसा लगा कि इस घंटे की आवाज मेरे कमरे से ही आई थी। मैंने डर के मारे कुछ देर तक अपनी आँखें नहीं खोलीं, ताकि मुझे फिर वही भयानक दृश्य न देखना पड़े। जब मेरा साहस धीमे-धीमे वापस लौटा, तब मैंने आँखें खोलीं और देखा कि वहाँ कुछ भी नहीं है। मैंने सबसे पहले घंटी बजाकर नौकरों को जगाना चाहा कि वे मुझे कहीं और पहुँचा दें, पर मैंने ऐसा इसलिए नहीं किया कि मुझे अपनी बेइज्जती का डर था, बल्कि मुझे इस बात का डर था कि यदि मैं इस चिमनी से लटकती घंटी की डोर खींचूँगा, तब कहीं किसी कोने में छिपी वह चुड़ैल फिर से आ सकती थी।

फिर जब किले की घड़ी ने एक बजाया, तब मैं घबराकर जाग गया। मुझे ऐसा लगा कि इस घंटे की आवाज मेरे कमरे से ही आई थी। मैंने डर के मारे कुछ देर तक अपनी आँखें नहीं खोलीं, ताकि मुझे फिर वही भयानक दृश्य न देखना पड़े। जब मेरा साहस धीमे-धीमे वापस लौटा, तब मैंने आँखें खोलीं और देखा कि वहाँ कुछ भी नहीं है।

"मेरे लिए यह बताना मुश्किल है कि मुझे किस तरह के दौरे रात भर आते रहे और मैं रात भर यातनात्मक स्थिति में जागता रहा। सैकड़ों तरह के दृश्य मेरी आँखों के सामने नाचते रहे, पर मैंने जिस दृश्य के बारे में बताया है, वह मेरी कल्पना के बाहर था।

"अगले दिन जैसे ही दिन निकला, मैं बिस्तर से अपने बीमार शरीर और डरे हुए मन के साथ उठ बैठा। मुझे अपने मर्द होने या फिर एक सैनिक होने पर शर्म आ रही थी, मगर मैं इस भुतहे कमरे से बचकर

निकल जाना चाहता था, इसीलिए जल्दबाजी में मैंने किसी तरह अपने कपड़े पहने और आपके महल से बाहर निकल आया, ताकि मैं खुली हवा में अपनी थरथराती हालत पर काबू पा सकूँ, जोकि दूसरी दुनिया की आगंतुक ने मेरी बना दी थी। सर, अब आप मेरी बेचैन स्थिति तथा आपके महल को छोड़कर अचानक जाने के इरादे के बारे में जान चुके हैं। मैं उम्मीद करता हूँ कि हम फिर मिलेंगे, पर भगवान् न करे कि मुझे आपकी छत के नीचे दूसरी रात गुजारनी पड़े!"

सबसे विचित्र तो यह था कि जब जनरल ने अपनी भयानक कहानी सुनाई, तब लॉर्ड वुडविली ने उससे एक बार भी नहीं कहा था कि उसने भूत-प्रेत का सपना देखा होगा या फिर किसी अन्य अलौकिक यानी भयानक कल्पना की बात की, बल्कि उसने जनरल की बताई बात पर पूरा यकीन किया और उसपर दुःख भी व्यक्त किया कि उसके पुराने दोस्त को उसके घर में काफी तकलीफ उठानी पड़ी थी।

"माई डियर ब्राउन! मुझे तुम्हारी पीड़ा पर बहुत दुःख है, पर यह सब मेरे अपने प्रयोग का बहुत ही अप्रत्याशित परिणाम था। तुम यह जान लो कि तुम जिस कमरे में ठहरे थे, मेरे पिताजी और दादाजी के समय से इसमें अजीब सी आवाजें और कुछ दृश्य दिखाई पड़ने की बातें की जा रही थीं और इसीलिए यह काफी समय से बंद भी कर दिया गया था। जब मैं इस जागीर को सँभालने आया, तब मैंने सोचा कि जो कमरा मेरे दोस्तों के आराम के लिए है, उसमें किसी अदृश्य दुनिया के लोगों का निवास नहीं होना चाहिए। इसलिए इस कमरे को, जिसे हम पेंटिंग वाला कमरा भी कहते हैं, खोला गया और इसमें बिना किसी पुरातन बदलाव के सिर्फ आधुनिक फर्नीचर ही रखे गए। जैसा कि इस कमरे के बारे में यहाँ के रहनेवालों और आसपास के पड़ोस में इसके भूतिया होने की खबरें पहले से ही थीं, इसीलिए मुझे इस बात का डर था कि इसमें

ठहरनेवाले पहले व्यक्ति के मन में भय का पूर्वग्रह समाया होगा, जिससे इसके बुरे होने की खबर और भी फैल सकती थी।

"माई डियर ब्राउन! मैं यह मानता हूँ कि कल तुम्हारा आना मुझे बहुत ही अच्छा लगा, पर यह मेरे लिए उस बुरी अफवाह को हटाने का एक मौका भी था, क्योंकि तुम्हारे दिमाग में पहले से ही इस तरह की कोई खबर नहीं भरी हुई थी, इसीलिए मेरे प्रयोग के लिए यह एक उपयुक्त अवसर था।"

"मेरे जीवन की कीमत पर!" जनरल ब्राउन बोला, "मैं आपका हमेशा के लिए आभारी रहूँगा और आपके इस काम, जिसे आप प्रयोग कहते हैं, इसके परिणाम को भी याद रखूँगा।"

"नहीं, मेरे दोस्त! यह तुम ठीक नहीं कह रहे हो," लॉर्ड वुडविली ने कहा, "आप यह कह सकते हैं कि मैंने इस तकलीफदेह घटना के बारे में आपको पहले नहीं बताया था। मैं कल सुबह तक इस अलौकिक घटना के बारे में संशय में था। मुझे लगता था कि मुझे आपको इस कमरे के बारे में बता देना चाहिए था और आप पर इस कमरे का चुनाव करने का विकल्प छोड़ देना चाहिए था, परंतु यह मेरी गलती नहीं, बल्कि मेरा दुर्भाग्य था कि आपको इस विचित्र घटना से पीड़ित होना पड़ा।"

"सचमुच विचित्र!" जनरल ने ठंडा होते हुए कहा, "और मैं यह मानता हूँ कि जैसा मैं अपने बारे में एक साहसी और दृढ़ व्यक्ति के रूप में सोचता था, उसे देखते हुए आपके प्रति मेरे व्यवहार के लिए मुझे बुरा मानने का कोई अधिकार नहीं है, पर ऐसा लगता है, मेरे घोड़े आ चुके हैं और मुझे आपके मनोरंजन में बाधा नहीं बनना चाहिए।"

"नहीं, मेरे पुराने दोस्त! चूँकि अब आप एक और दिन नहीं रुकेंगे और मैं इसके लिए आपसे कहूँगा भी नहीं, पर कम-से-कम मुझे आधा घंटा और दे दीजिए। आपको पेंटिंग से बहुत लगाव रहा है और मेरे पास पेंटिंग की एक गैलरी है, जिसमें कुछ पुरातन चित्र भी हैं, जिनका इस

किले से पुराना संबंध भी रहा है। मुझे लगता है कि आप इनकी कला को अवश्य ही पसंद करेंगे," लॉर्ड वुडविली ने कहा।

जनरल विली ने थोड़े अनमने भाव से लॉर्ड के अनुरोध को स्वीकार कर लिया। यह भी बिल्कुल स्पष्ट ही था कि जब तक वह लॉर्ड वुडविली के महल को छोड़ नहीं देता, वह खुलकर साँस भी नहीं ले पा रहा था। जनरल अपने मित्र का अनुरोध अस्वीकार न कर सका और साथ-ही-साथ वह अपने नाराजगी भरे व्यवहार के लिए शर्मिंदा भी था।

जनरल विली ने थोड़े अनमने भाव से लॉर्ड के अनुरोध को स्वीकार कर लिया। यह भी बिल्कुल स्पष्ट ही था कि जब तक वह लॉर्ड वुडविली के महल को छोड़ नहीं देता, वह खुलकर साँस भी नहीं ले पा रहा था। जनरल अपने मित्र का अनुरोध अस्वीकार न कर सका और साथ-ही-साथ वह अपने नाराजगी भरे व्यवहार के लिए शर्मिंदा भी था।

जनरल अब लॉर्ड वुडविली के पीछे-पीछे चलता, कई कमरों से होता हुआ एक लंबे गलियारे में पहुँच गया, जहाँ दीवार पर बड़े आकार के कई चित्र टँगे थे। वुडविली एक-एक करके उन चित्रों के नाम अपने मित्र को बताता जा रहा था। जनरल ब्राउन की इन जानकारियों में बहुत ही कम रुचि थी और अकसर ही इस तरह की गैलरियों में पुराने पारिवारिक चित्र लगे रहते हैं।

"यह एक ऐसे घुड़सवार का चित्र है, जिसने शाही वजहों से इस पूरी जागीर को बरबाद कर दिया था, पर इस सुंदर चित्र वाली स्त्री ने एक धनी सामंत से विवाह करके इसे फिर से बसा दिया था। यह चित्र एक ऐसे बहादुर योद्धा का है, जिसके खतरों के कारनामे मशहूर हैं और यह चित्र उस वीर का है, जिसने क्रांति के समर्थन में हथियार उठाया था," जब लॉर्ड वुडविली अपने अतिथि के कानों में इन शब्दों को ठूँस रहा था,

तभी वे एक ऐसे चित्र के सामने पहुँचे, जिसे देखकर जनरल की आँखें फटी रह गईं। वह तसवीर एक ऐसी बुजुर्ग महिला की थी, जिसने सत्रहवीं सदी के आधुनिक वस्त्र पहन रखे थे।

जनरल जोर से चीखता हुआ बोला, "यह है वह···यही पिछली रात मेरे कमरे में आई थी। मुझे अभी तक उसकी शैतानी हँसी याद है।"

"यदि यही वह औरत है, तब मुझे तुम्हारी वास्तविकता पर कोई शक नहीं है।" लॉर्ड वुडविली ने कहा और फिर कहने लगा, "यह तसवीर मेरी एक ऐसी दुष्ट पूर्वज की है, जोकि अपने अपराध और काले जादू-टोने के लिए कुख्यात थी। मेरे पारिवारिक इतिहास में इसकी भयानक कहानियाँ सुनी जाती रही हैं और तुम्हारा कक्ष भी इसके व्यभिचार और अप्राकृतिक हत्याओं का साक्षी रहा है। मैं इस कक्ष को फिर से अकेला छोड़ दूँगा और दुबारा किसी के साथ इस तरह की भयावह घटना, जिसने तुम्हारे जैसे साहसी व्यक्ति को हिला दिया, की पुनरावृत्ति नहीं होने दूँगा।"

इस प्रकार जो दोस्त बड़ी ही खुशी से मिले थे, एक अलग तरह की मानसिकता में अलग हुए। लॉर्ड वुडविली ने उस चित्रों वाले कक्ष के आगे एक न खुलनेवाला दरवाजा बनवा दिया; और जनरल ब्राउन अब किसी कम खूबसूरत शहर और अच्छे मित्र की तलाश में चलता गया, ताकि वह वुडविली के किले की उस भयानक रात को जल्दी-से-जल्दी भूल सके।

□

4

दो चरवाहे

भाग-1

मेरी कहानी की शुरुआत डॉन मेले के अगले दिन से हुई। यहाँ का बाजार बहुत ही व्यस्त हुआ करता था। यहाँ मध्य और उत्तरी इंग्लैंड के बहुत से पशु व्यापारी भाग लेने आते थे। यहाँ आनेवाले किसानों का दिल क्रय-विक्रय से बहुत खुश हो जाता था। चरवाहों के बड़े-बड़े समूह अपने मालिकों या फिर अपने मेहनती श्रमिकों के साथ सैकड़ों मील की दूरी तय करके इस बाजार में आने के लिए अपने मवेशियों के साथ आनेवाले थे, जहाँ इन्हें बूचड़खानों के लिए पालने-पोसने की तैयारी भी की जाती थी।

ऊपरी पहाड़ियों से आनेवाले पशुओं के मालिक इस तकलीफदेह व्यापार में अपनी काबिलीयत हासिल कर चुके थे और शायद यही उन्हें अनुकूल भी लगता था। इस काम में आनेवाली परेशानियों को सहना उनकी आदत बन चुकी थी और वे इसके लिए सड़कों का इस्तेमाल करने के बजाय जंगली पहाड़ी रास्तों को ही अपनाते थे, जिसमें बड़े-बड़े चरागाहों से होकर मवेशियों के रेवड़े को लेकर चलना आसान होता था तथा करों की अदायगी से बचते हुए उनके मवेशी इधर-उधर अपना मुँह भी मारते रहते थे। रातों को ये चरवाहे अपने मवेशियों के साथ मौसम

की परवाह किए बिना ही खुले में ही ठहरते और इनमें से कुछ चरवाहे लायवेर से लंकाशायर तक सारी रात बिना सोए चलते भी रहते थे। उन्हें इस काम के लिए एक अच्छी रकम भी दी जाती थी, क्योंकि पशुओं को सही-सलामत बाजार तक पहुँचाने में उनकी ईमानदारी, कुशलता और सजगता—सभी की जरूरत पड़ती थी। चूँकि इस काम में उन्हें अपना व्यय स्वयं ही वहन करना पड़ता था, इसलिए वे इसमें बहुत कंजूसी बरतते थे। हम जिस समय की बात कर रहे हैं, उस समय के ये पहाड़ी चरवाहे अपनी कठिन यात्रा प्याज के टुकड़ों, जौ के आटे और भेड़ के सींगों में भरी शराब के सहारे ही पूरी करते थे। उनका यही खाना हर रात और सुबह चलता रहता था। हथियार के नाम पर उनके कपड़ों के नीचे एक काला चाकू और मवेशियों को सँभालने के लिए उनके पास एक डंडे के सिवा कुछ नहीं रहता था। वैसे इन कामों से लोग खुश नहीं थे। इस पूरी यात्रा में एकरसता नहीं होती थी। इसमें जगह-जगह पड़ाव, कई तरह के लोगों, जैसे व्यापारियों और किसानों से मुलाकातें और कहीं-कहीं मौज-मस्ती के खर्चे भी शामिल थे।

हम जिस समय की बात कर रहे हैं, उस समय के ये पहाड़ी चरवाहे अपनी कठिन यात्रा प्याज के टुकड़ों, जौ के आटे और भेड़ के सींगों में भरी शराब के सहारे ही पूरी करते थे। उनका यही खाना हर रात और सुबह चलता रहता था। हथियार के नाम पर उनके कपड़ों के नीचे एक काला चाकू और मवेशियों को सँभालने के लिए उनके पास एक डंडे के सिवा कुछ नहीं रहता था।

ऊपर पहाड़ियों पर रहनेवालों में स्वयं को श्रेष्ठ समझने की भी मानसिकता थी और इनके बीच का बच्चा खुद को किसी राजकुमार से कम नहीं समझता था तथा वह चरवाहों के जीवन को तिरस्कार के भाव

से भी देखता था। इसीलिए जब वह अपने मवेशियों के रेवड़ के साथ चलता तो बहुत असहज महसूस करता था।

डॉन से सुबह प्रस्थान करनेवालों में रॉबिन उइग के अलावा सभी ने अपनी टोपी, जुराबें और पिंडलियों वाले फीते कस लिये थे। रॉबिन का पूरा नाम रॉबिन उइग एम. कॉम्बिश था, पर लोग उसे छोटे नाम 'रॉबिन' से ही पुकारते थे। हालाँकि उसकी कद-काठी छोटी ही थी, पर वह पहाड़ी हिरन की तरह हलका और फुर्तीला था। उसकी चहलकदमी और फुर्तीली चाल वहाँ मौजूद बहुत से लोगों में ईर्ष्या पैदा कर देती थी। उसके गुलाबी गाल, लाल होंठ एवं सफेद दाँतों की पंक्तियाँ उसके अच्छे स्वास्थ्य को भी प्रदर्शित करती थीं। जब रॉबिन हँसता नहीं, बल्कि सिर्फ मुसकराता था, तब उसकी आँखों में एक खास तरह की चमक पैदा हो जाती थी।

रॉबिन का प्रस्थान एक छोटे शहर की ओर था, जहाँ उसके बहुत से स्त्री-पुरुष दोस्त भी रहते थे। रॉबिन की पहचान जिले के एक बेहतरीन जिम्मेदार और अच्छी कमाई करनेवाले हरकारे के रूप में थी। रॉबिन अपने व्यापार से काफी कमा सकता था, पर उसने एक या दो लड़के और अपनी बहन के बेटों को ही अपना सहयोगी बना रखा था। रॉबिन ने अपनी जिम्मेदारी की प्रतिष्ठा को बचाए रखने की वजह से सहयोगी बनने का इरादा त्याग दिया था। वह अपनी आमदनी से संतुष्ट था और इस उम्मीद से खुश रहता था कि इंग्लैंड की इसी तरह की कुछ और यात्राएँ उसके व्यापार को और बढ़ा देंगी। रॉबिन उइग का पिता, जिसे लैंकलेन मैकेम्बिक पुकारा जाता था और जिसकी मित्रता मशहूर डाकू रॉबिन के खानदान से भी थी। कुछ लोग यह भी कहते थे कि रॉबिन उइग का यह ईसाई नाम उसके पिता के उन्हीं संबंधों से आया था। जेम्स बोसवेल कहता था कि इस तरह की पारंपरिक पहचान गर्व की चीज नहीं हो सकती थी। रॉबिन उइग को इसपर घमंड तो था, पर इंग्लैंड और

तराई के क्षेत्रों की उसकी बार-बार की यात्रा ने उसे अपनी इस पहचान को छुपाने का तरीका सिखा दिया था। वह अपने जन्म के इस दर्प को एक कंजूस के खजाने की तरह अपरिचितों के सामने प्रदर्शित करने से बचता था।

मवेशियों को बाजार तक ले जाने के बारे में रॉबिन की सभी प्रशंसा करते थे। वे सभी रॉबिन के साथ यात्रा करते और फिर वापस घर आने के लिए उत्सुक भी रहते थे। खूबसूरत लड़कियाँ भी उसको कई बार विनम्रता से अभिवादन करती थीं और लोग कहते हैं कि उसकी मेहरबानी भरी नजर के लिए कितनों ने उसे अपने बेहतरीन गहने तक उपहार में दिए थे।

रॉबिन जब अपने मवेशियों के रेवड़ के पीछे हू-हू कर चिल्ला रहा था कि तभी उसके पीछे से किसी ने उसे आवाज दी, "रुको रॉबिन! रुको! मैं हूँ तुम्हारी बुआ।"

साथ में चल रहे एक चरवाहे ने जोर से कहा, "उस पर ध्यान मत दो, वह एक जादूगरनी या चुड़ैल हो सकती है और हमारे मवेशियों पर जादू भी कर सकती है।"

वहीं साथ के एक और जानकार चरवाहे ने कहा कि वह ऐसा नहीं कर सकती है, क्योंकि रॉबिन अपने मवेशियों की पूँछ में संत मुंगों की गाँठ लगाना नहीं भूला है। वह जादूगरनी इनका कुछ भी नहीं बिगाड़ सकती।

पाठकों को यह बताना जरूरी है कि ऊपरी पहाड़ी के मवेशियों, खासतौर से पशु मेले में ले जाए जानेवाले मवेशियों को किसी बुरी नजर से बचाए जाने के लिए लोग इसकी पूँछ में एक तरह की गाँठ लगा देते थे, मगर वह बूढ़ी औरत बजाय मवेशियों पर ध्यान देने के सिर्फ उन्हें ले जानेवाले पर ही केंद्रित थी। उधर रॉबिन भी उसकी मौजूदगी को लेकर थोड़ा अधीर नजर आ रहा था। वह बोला, "क्या बात है, जो तुम इतनी सुबह इधर आ रही हो? मुझे लगता है कि मैंने तुम्हारा अभिवादन किया था।"

"और मुझे अपने वापस लौटने तक ऐसे ही छोड़ दिया था," जादूगरनी बोली, "मगर मुझे अपने खाने की चिंता या मुझे गरम रखने के लिए आग की चिंता नहीं थी, क्योंकि इसके लिए सूरज की मेहरबानी ही काफी है, मगर मुझे अपने पिता के नाती के लिए आना पड़ा, ताकि तुम इस विदेशी जगह से सुरक्षित निकल सको और घर वापस पहुँच सको।"

रॉबिन थोड़ा विस्मित और मुसकराता हुआ उस बूढ़ी महिला के मजाक को समझता हुआ ठिठक गया। इसी बीच वह महिला उसके पास तक आ पहुँची और उसका चक्कर काटते हुए चेतावनी भरे लहजे में बोली, "मेरे पिता के नाती, तुम्हारे हाथ में खून है।"

"और मुझे अपने वापस लौटने तक ऐसे ही छोड़ दिया था," जादूगरनी बोली, "मगर मुझे अपने खाने की चिंता या मुझे गरम रखने के लिए आग की चिंता नहीं थी, क्योंकि इसके लिए सूरज की मेहरबानी ही काफी है, मगर मुझे अपने पिता के नाती के लिए आना पड़ा, ताकि तुम इस विदेशी जगह से सुरक्षित निकल सको और घर वापस पहुँच सको।"

"हश! हे भगवान्! आंटी, अब तुम मुझे परेशान कर रही हो।"

बूढ़ी महिला ने फिर दुहराया और भयावह तरीके से बोली, "तुम्हारे हाथ में खून है, देखो। और यह आदमी के लाल खून से भी गहरे रंग का है।"

रॉबिन उससे बचने की कोशिश कर ही रहा था कि तभी वह महिला उससे चिपट गई और रॉबिन के कपड़ों के भीतर छुपा खंजर उसने निकालकर चिल्लाना शुरू कर दिया, "खून-खून"। खंजर सूरज की रोशनी में चमक रहा था और फिर वह बोली, "रॉबिन, तुम आज इंग्लैंड मत जाओ।"

रॉबिन ने कहा, "हट! ऐसा नहीं हो सकता। यह तो देश छोड़कर

भागने जैसा है। मुझे मेरा खंजर वापस कर दो। तुम खून के रंग के आधार पर काले या सफेद साँड़ का फर्क नहीं कर सकती। सभी आदमियों में आदम का ही खून है। मुझे मेरे रास्ते जाने दो। मैंने अब तक स्टिलिंग ब्रिज तक का आधा रास्ता तय कर लिया होता। मुझे मेरा खंजर दो और मुझे जाने दो।"

"नहीं, मैं इसे तुम्हें नहीं दूँगी और तब तक नहीं दूँगी, जब तक तुम इस अपशकुनी हथियार को अपने पास रखने का वादा मुझसे कर नहीं देते," महिला बोली।

"ठीक है," कहते हुए उस युवा हरकारे ने खंजर के खोल को उस महिला को दे दिया और कहा, "तुम घाटी में रहनेवालों का इन चीजों से कुछ भी लेना-देना नहीं है। फिर भी मेरे लिए यह खंजर अपने पास रख लो। वैसे मैं इसे तुम्हें नहीं दे सकता था, क्योंकि यह मेरे पिता का था, पर तुम्हारे हरकारे हमारे साथ हैं और मुझे यकीन है कि यह तुम्हारे पास रहेगा।"

बूढ़ी महिला ने जवाब दिया, "ठीक है।"

वहीं साथ का तगड़ा व्यक्ति यह सुनकर जोर से हँस पड़ा और बोला, "मैं ग्लीन का रहनेवाला हॉग मारसीन हूँ। हम इस तरह के छोटे हथियार नहीं रखते हैं, हमारे पास एक चौड़ी तलवार है। यदि तुम्हें डर है, तो तुम यह चाकू अपने पास रख सकते हो।"

रॉबिन को हॉग मारीसन की बात अच्छी नहीं लगी, परंतु उसने यात्रा में अधिक धीरज रखना सीख लिया था। रॉबिन ने उन सभी से विदा ली, क्योंकि अब वह जल्दी में था। उसे अपने दूसरे साथी फैलक्रिक से भी मिलना था, क्योंकि रॉबिन ने उसे अपने साथ शामिल करने का वादा किया था।

रॉबिन का साथी इंग्लैंड का रहनेवाला था तथा उसे हैरी वेकफील्ड के नाम से जाना जाता था। उसकी भी मवेशियों के उत्तरी बाजार में अच्छी

पहचान थी तथा मवेशियों के रेवड़ को वहाँ तक ले जाने में उसका भी काफी नाम था। वह तकरीबन छह फीट लंबा और पहलवान सरीखा तगड़ा था, मगर रॉबिन उसकी तुलना में अधिक चपल था। वेकफील्ड में बहादुरी के बावजूद कुछ कमियाँ भी थीं। वह जल्दी नाराज हो जाता था और कभी-कभी तो झगड़े की स्थिति तक पहुँच जाता था, मगर वह मुक्केबाजी से बचता था, क्योंकि वह जानता था कि उसके सामने कुछ ही लोग टिक सकते थे।

वैसे यह बताना मुश्किल है कि हैरी वेकफील्ड और रॉबिन की मित्रता किस तरह हुई थी, पर उनकी बहुत सी रुचियाँ मिलती थीं और फिर वे जल्दी ही बैलों के बारे में बातें करना शुरू कर देते थे। रॉबिन और हैरी की बोली तथा उनके उच्चारण में भी फर्क था। वेकफील्ड और रॉबिन, दोनों ही अच्छा गा-बजा लेते थे। रॉबिन अपने वाद्ययंत्र से आनंद और दर्द भरी, दोनों ही तरह की धुनें निकाल लेता था। हालाँकि रॉबिन अपने साथी के द्वारा सुनाई गई घुड़दौड़, मुरगों की लड़ाई, लोमड़ी के शिकार, परियों और ऊपरी पहाड़ी के शैतानों की कहानियों पर मुश्किल से ही यकीन कर पाता था, फिर भी ये कहानियाँ उसे आनंद देती थीं। वे पिछले तीन सालों से साथ-साथ यात्रा करते आ रहे थे। वे दोनों अपनी इस मित्रता के लाभ से खुश थे तथा हैरी खुले दिल से रॉबिन की आवभगत भी करता था।

भाग-2

दोनों मित्रों ने अपने पूर्ववत् सौहार्द के साथ हरियाले रास्तों की यात्रा पूरी करते हुए कंबरलैंड के दूसरे हिस्से को भी पार कर लिया था। इन एकांत पड़े मैदानी क्षेत्रों में सड़क के किनारे से अपने भोजन को देखकर मवेशी खुद को रोक नहीं पा रहे थे, मगर अब स्थिति बदल चुकी थी। अब वे पहाड़ी की ढलान पर थे तथा यहाँ वैसी आजादी नहीं थी। इसके

लिए इन मैदानों के मालिकों से पहले ही मोल-भाव भरे इंतजाम की जरूरत थी। उस बड़े पशु-मेले की पूर्व संध्या भी आ चुकी थी, जिसमें स्कॉटलैंड और इंग्लैंड के हरकारे अपने-अपने मवेशियों की बेहतर स्थिति का प्रदर्शन करनेवाले थे। मवेशियों को रखने के लिए चरागाहों का इंतजाम करना मुश्किल और ऊँची शर्तों पर था। इस स्थिति में दोनों ही मित्रों को अपने-अपने रेवड़ के लिए अलग-अलग इंतजाम करना था। दुर्भाग्य से दोनों ने ही बिना एक-दूसरे की जानकारी के एक ऐसे व्यक्ति से उसकी जगह के लिए मोल-भाव किया, जिसकी जागीर उसके पड़ोस में ही थी। अंग्रेज हरकारे ने उसके कारिंदे के पास आवेदन किया, जिसे वह पहले से ही जानता था। यह भी भाग्य की ही बात थी कि कंबेरियन स्क्वायर को अपने मैनेजर की ईमानदारी पर शक था और वह किसी तरह की डील होने से पहले इसकी स्वयं जाँच करना चाहता था। इसलिए उसके कारिंदे ने हैरी वेकफील्ड से पहले ही समझौता कर लिया था।

उस बड़े पशु-मेले की पूर्व संध्या भी आ चुकी थी, जिसमें स्कॉटलैंड और इंग्लैंड के हरकारे अपने-अपने मवेशियों की बेहतर स्थिति का प्रदर्शन करनेवाले थे। मवेशियों को रखने के लिए चरागाहों का इंतजाम करना मुश्किल और ऊँची शर्तों पर था। इस स्थिति में दोनों ही मित्रों को अपने-अपने रेवड़ के लिए अलग-अलग इंतजाम करना था।

दूसरी तरफ अपने साथी की काररवाई से अनजान रॉबिन ने एक स्मार्ट-से नजर आ रहे घुड़सवार के साथ बात की और उसने इस बाजार तथा इसकी कीमत के बारे में उससे कुछ सवाल पूछे। रॉबिन ने उस भद्र आदमी को देखकर अंदाजा लगाया कि शायद इसे आसपास की जमीन की जानकारी हो और फिर सवालों की पूछताछ से पता चला कि वह

व्यक्ति उसी जमीन का मालिक था, जिसके कारिंदे से हैरी वेकफील्ड ने बात कर रखी थी।

मि. इरबी यानी जमीन के मालिक ने कहा, "तुम बहुत भाग्यशाली हो कि तुमने मुझसे बात की, क्योंकि मैं तुम्हारे मवेशियों को देख चुका हूँ और मेरा फार्म यहाँ से सिर्फ तीन मील दूर है।" रॉबिन ने अपने मवेशियों के लिए मोल-भाव तय करके उस जगह को अपने अधिकार में लेने का तय किया और बाजार की कुछ खबर लेने की कोशिश में लग गया।

अपने मवेशियों के रेवड़ को लेकर जब वह चरागाह में पहुँचा, तब वह उसे बहुत शानदार लगा, पर तभी उसे वहाँ एक कारिंदा नजर आया, जोकि वेकफील्ड के मवेशियों को लेकर उसी चरागाह में मौजूद था। स्क्वायर इरबी ने अपने घोड़े को एड़ लगाई और अपने कारिंदे के पास पहुँचकर पता लगाया कि उसके और दूसरे चरवाहे के बीच क्या तय हुआ! इरबी ने दूसरे चरवाहे को संक्षेप में समझाया कि उसके कारिंदे ने उसे बिना अपने मालिक को सूचना दिए ही फार्म में रुकने का आदेश दिया है। अत: उसके मवेशियों को यहाँ से घास नहीं मिलेगी, साथ-ही-साथ उसने अपने नौकर पर भी नाराज होते हुए हैरी वेकफील्ड के भूखे मवेशियों को बाहर निकालने का आदेश देने लगा।

यहाँ की स्थिति देखकर वेकफील्ड के मन में इरबी का विरोध करने का विचार आया, पर हरेक अंग्रेज की भाँति उसने भी कानून और न्याय की भावना रखी। दूसरी तरफ इरबी के कारिंदे ने उसका कमीशन बढ़ाने के अनुरोध के बावजूद उसने अपने भूखे मवेशियों को किसी अन्य चरागाह की तरफ ले जाने का निश्चय किया। रॉबिन को यहाँ की स्थिति पर बहुत दु:ख हुआ और वह अपने मित्र के पास इस विवादित चरागाह में हिस्सेदारी का अनुरोध करने लगा, मगर वेकफील्ड के अहं पर चोट लग चुकी थी और उसने तिरस्कारपूर्वक जवाब दिया, "तुम सभी कुछ ले जाओ, मुझे तुम्हारे रहम की जरूरत नहीं है।"

रॉबिन को दुःख तो हुआ, पर उसे अपने साथी की नाराजगी पर आश्चर्य नहीं हुआ। उसने अपने मित्र को शांत करने के उद्देश्य से उसे एक घंटे तक रुकने के लिए कहा, क्योंकि उसे अपने बेचे हुए मवेशियों का भुगतान लेने जाना था और फिर उसे समझाया कि वह उसे किसी अन्य जगह मवेशियों को ले जाने में उसकी सहायता कर देगा, मगर वेकफील्ड अपनी जगह अड़ा रहा और बोला, "तुम मुझे बेवकूफ मत समझो। तुम धूर्त हो और तुमने मोल-भाव करके यह जगह ले ली। मैं तुम्हारी शक्ल भी नहीं देखना चाहता।"

इतना कहते हुए वेकफील्ड ने अपनी नजरें घुमा लीं और फिर उसी कारिंदे के साथ अपने मवेशियों को वापस ले जाने की कोशिश में लग गया। हेनरी वेकफील्ड ने वहीं घास के किसानों के साथ मोल-भाव किया और फिर अपनी सामर्थ्य के मुताबिक एक बार के मालिक के पास की जगह अपना इंतजाम करता हुआ वहीं ठहर भी गया, जहाँ पिछली रात वह और रॉबिन ठहरे थे। वेकफील्ड से कारिंदे ने उस विवादित चरागाह की कीमत और उसके स्कॉटलैंड के मित्र के धोखे की बात शुरू कर दी। कारिंदे के मन में भी रॉबिन के प्रति नाराजगी का भाव था, क्योंकि उसी की वजह से उसके मालिक की नजरों में उसे गिरना पड़ा था। वहीं, सराय का मालिक तथा साथ के कुछ और लोगों ने वेकफील्ड की भावना को भड़का दिया था। शायद उनमें से कुछ के मन में स्कॉटलैंड के प्रति दुर्भावना थी और कुछ की शैतानी भरी मानसिकता भी हो सकती थी।

इसी बीच मि. इरबी रॉबिन को साथ लेकर अपने पुराने हॉल की तरफ चल पड़ा, जहाँ उसने बीफ और घरेलू शराब का भी इंतजाम कर रखा था। इरबी ने अपनी पाइप सुलगाते हुए अपने कृषि-प्रेम के बारे में बातें शुरू कर दीं और थोड़ी देर इधर-उधर की बातें करने के बाद रॉबिन ने उससे कहा कि अब मैं आपको शुभरात्रि कहना चाहता हूँ,

क्योंकि मैं देखना चाहता हूँ कि हैरी वेकफील्ड अभी तक शांत हुआ है कि नहीं।

दूसरी तरफ, बार हाउस की पार्टी अपने पूरे शबाब पर थी और इसमें रॉबिन की दुष्टता की चर्चा ही इसका प्रमुख विषय था। जैसे ही रॉबिन वहाँ पहुँचा, उन लोगों की बातों पर अचानक ही विराम लग गया और वहाँ के लोगों की चुप्पी ने उसका स्वागत किया। वहाँ मौजूद लोगों की प्रतिक्रिया पर ध्यान न देते हुए रॉबिन दृढ़तापूर्वक हॉल में प्रवेश कर गया और आतिशदान के बगल की मेज, जिसपर हैरी वेकफील्ड के साथ दो या तीन लोग और भी बैठे थे, वहीं पास में ख़ाली जगह देखकर बैठ गया। रॉबिन ने अपनी पाइप सुलगाई और दो पेंस की वाइन का ऑर्डर भी दे दिया।

दूसरी तरफ, बार हाउस की पार्टी अपने पूरे शबाब पर थी और इसमें रॉबिन की दुष्टता की चर्चा ही इसका प्रमुख विषय था। जैसे ही रॉबिन वहाँ पहुँचा, उन लोगों की बातों पर अचानक ही विराम लग गया और वहाँ के लोगों की चुप्पी ने उसका स्वागत किया। वहाँ मौजूद लोगों की प्रतिक्रिया पर ध्यान न देते हुए रॉबिन दृढ़तापूर्वक हॉल में प्रवेश कर गया"

रॉल्फ हैस्केट, जोकि बार का मालिक था, ने तिरस्कार भरे भाव से कहा, "यहाँ इतनी कम की वाइन नहीं मिलती है, जब तुम अपनी तंबाकू रख सकते हो, तब वह क्यों नहीं रखते?"

बार मालिक की पत्नी शीघ्रता से उठी और अपने पति को टोकते हुए बोली कि जब वह छोटे बरतन में मँगा रहा है, तब क्या परेशानी है? यह एक सभ्य आदमी की निशानी है।

इन लोगों की बातों पर ध्यान न देते हुए रॉबिन ने अपना गिलास उठाया और अन्य लोगों का अभिवादन किया।

सामने बैठे किसानों में से एक बोला, "ऊपरी पहाड़ियों के छोटे जानवर इंग्लैंड के चरागाहों की घास चर जाते हैं।"

रॉबिन ने शांति से जवाब दिया, "यह तो तुम्हारे यहाँ के मोटे-मोटे निवासी हैं, जोकि स्कॉटलैंड के छोटे-छोटे मवेशियों को खा जाते हैं।"

"एक ईमानदार सेवक को अपने मालिक का खयाल रखना चाहिए," कारिंदा बोला।

"अगर यह मजाक है तो एक आदमी पर बहुत मजाक हो चुका है," रॉबिन ने कहा।

"यह मजाक नहीं, हकीकत है," कारिंदा बोला, "देखो, तुम्हारा जो भी नाम है, हम सभी की यहाँ एक ही राय है और हम हैरी वेकफील्ड के मित्र हैं।"

रॉबिन ने कहा, "इसमें कोई शक नहीं है और तुम सभी एक जज की तरह व्यवहार कर रहे हो। मि. हैरी वेकफील्ड ही बता सकते हैं कि वह कहाँ सही और कहाँ गलत हैं?"

वेकफील्ड, जोकि काफी देर से यह बातचीत सुन रहा था, बोला, "ये लोग सही कह रहे हैं," इसके साथ ही वह रॉबिन के पास पहुँचा और कहने लगा, "तुम आज काफी बुरा बरताव कर चुके हो, अब यही मेरे दोस्त हैं।"

"क्या अब हम अच्छे दोस्त नहीं हैं? क्या हमारी दोस्ती टूट चुकी है?"

हैरी ने अपने मित्र को हलका सा धक्का देते हुए कहा, "मैंने पिछले तीन सालों तक एक डरपोक के साथ दोस्ती रखी थी।"

"मेरे नाम के साथ डरपोक मत जोड़ो," कहते हुए रॉबिन की आँखें चमकने लगीं, पर उसने अपने गुस्से पर काबू रखा।

"यह बिल्कुल सच है," हैरी बोला।

वहाँ मौजूद लोगों ने रॉबिन पर तंज कसने शुरू कर दिए और जब

वह जाने लगा, तब हैरी ने उसका रास्ता रोक लिया और उसे धक्का देकर जमीन पर गिरा दिया।

सभी एक साथ चीखे, "बहुत अच्छा, हैरी! तुमने बहुत अच्छा किया। अब यह अपना खून देखेगा।"

रॉबिन की संपूर्ण शांति उसकी नाराजगी में तब्दील हो गई और वह बदला लेने के लिए उछलकर खड़ा हो गया, मगर हैरी के मुक्के के वार ने उसे दुबारा जमीन पर पड़ा रहने के लिए मजबूर कर दिया था। जब सराय की मालकिन उसे उठाने के लिए आगे दौड़ी, तब मि. फीलबंपकिन ने उसे रोक लिया और कहा, "उसे अकेला लड़ने दो।"

रॉबिन अभी तक अपनी पीड़ा से बाहर नहीं निकल पाया था कि तभी उसने देखा कि उसे एक तरफ से डेम हेस्केट सहारा दे रहा था। यह देखकर उसे अंदाजा लगा कि वेकफील्ड अब और लड़ने की मानसिकता में नहीं था।

वेकफील्ड बोला, "उठो, उठो! अब मन में किसी तरह की दुर्भावना मत रखो। हाथ मिलाओ, अब हम फिर से एक मित्र की तरह रहेंगे।"

"मित्र! कभी नहीं," रॉबिन चीखा और कहने लगा, "हैरी वेकफील्ड, अपनी तरफ देखो।"

इसी भावना के साथ दोनों मित्र अलग हो गए। रॉबिन चुपचाप उठा, मेज पर पैसे फेंके और वापस मुड़ गया। हॉल के दरवाजे के पास पहुँचकर वह फिर वापस मुड़ा और वेकफील्ड की तरफ उसने अपनी तर्जनी उँगली दिखाई, जिसका मतलब चेतावनी या धमकी कुछ भी हो सकता था और फिर वह चाँदनी रात में कहीं गुम हो गया।

रॉबिन के चले जाने के बाद वहाँ मौजूद लोगों ने हैरी से रॉबिन के लिए भद्दी टिप्पणी की, पर हैरी ने उन्हें इसका कोई जवाब नहीं दिया। वह अब और झगड़ा नहीं चाहता था। तभी सराय की मालकिन बोली, "हैरी, एक अच्छे दोस्त को दुश्मन बनाने में क्या मिला?"

"हुँह! रॉबिन एक ईमानदार आदमी है, वह मन में कटुता नहीं रखेगा।"

"उस पर भरोसा मत करो, तुम नहीं जानते हो कि स्कॉटलैंड के लोग कैसे होते हैं?"

तभी बार में कुछ नए ग्राहकों का प्रवेश हुआ और बातचीत के विषय भी बदल गए।

उधर रॉबिन के मन में चल रहा था कि जीवन में पहली बार मेरे पास खंजर नहीं था। आज अगर वह खंजर होता, तब उस इंग्लैंडवासी का खून जमीन पर होता और उस बूढ़ी औरत के शब्द सच हो जाते। अचानक उसने सोचा कि मॉरिसन अभी दूर नहीं पहुँचा होगा। अगर कहीं सौ मील पहुँच गया होगा, तब? उसकी बदला लेने की भावना ने उसके पाँव अपने गाँव की तरफ मोड़ दिए और अब उसे अपने मित्र के द्वारा दिए गए घाव ही याद आ रहे थे।

जब रॉबिन ने सराय छोड़ी, तब उसके और मॉरिसन के बीच की दूरी सात या आठ मील थी। आगे चलनेवाला किसान चूँकि मवेशियों के साथ था, इसलिए धीमे चल रहा था। दोनों की गति में अंतर होने की वजह से रॉबिन उसके पास पहुँच रहा था और तभी उसे दूर से मवेशियों के साथ चलता हुआ वह नजर भी आने लगा।

जब रॉबिन ने सराय छोड़ी, तब उसके और मॉरिसन के बीच की दूरी सात या आठ मील थी। आगे चलनेवाला किसान चूँकि मवेशियों के साथ था, इसलिए धीमे चल रहा था। दोनों की गति में अंतर होने की वजह से रॉबिन उसके पास पहुँच रहा था और तभी उसे दूर से मवेशियों के साथ चलता हुआ वह नजर भी आने लगा।

पास आने पर उसने रॉबिन से पूछा, "क्या बात है, तुम बहुत जल्दी वापस आ गए? क्या तुमने अपने सभी जानवर बेच दिए?"

"मैंने नहीं बेचे और अब जाऊँगा भी नहीं—मुझे मेरा खंजर वापस दे दो और यही हमारे बीच तय भी हुआ था।"

"ठीक है, रॉबिन, पर मैं इसे तुम्हें वापस करने से पहले एक परामर्श देना चाहता हूँ कि यह एक खतरनाक खंजर है और मुझे लगता है कि कहीं तुम इसका गलत इस्तेमाल न कर बैठो।"

"हुँह! लाओ, मेरा हथियार मुझे दो।" रॉबिन अधीरता से बोला।

खंजर अपने हाथों में लेकर रॉबिन जिधर से आया था, उसी तरफ तेजी से चल पड़ा।

"लगता है, इस लड़के के साथ कुछ घटित हुआ है। हे भगवान्, इसकी रक्षा करना!" मॉरिसन बुदबुदाया।

हस्केट की सराय में झगड़े को बीते तकरीबन दो घंटे हो चुके थे और वहाँ मौजूद सभी लोग उस पुरानी बात को भूल भी चुके थे कि तभी रॉबिन सराय में घुसा। उस समय हॉल में शोरगुल था और लोग आपस में बातचीत करने में व्यस्त थे। इन्हीं लोगों में हैरी भी था और वह कुछ गुनगुना रहा था। तभी एक कर्कश आवाज ने उनको चौंका दिया, "हैरी, कहाँ हो? खड़े हो जाओ!"

"क्या बात है? क्या मामला है?" वहाँ मौजूद लोगों के मुँह से अकस्मात् निकला।

"यह वही स्कॉटलैंड वाला है," फ्लीस बंपकिंन लड़खड़ाता हुआ बोला, जोकि उस समय पूरी तरह नशे में धुत्त था।

"हैरी वेकफील्ड!" दुबारा वही आवाज गूँजी।

हॉल में मौजूद लोगों ने पीछे मुड़कर देखा तो वहीं बीच में भौंहें टेढ़ी किए हुए रॉबिन खड़ा था।

"मैं यहाँ खड़ा हूँ रॉबिन, पर हाथ मिलाने के लिए। तुम भी गुस्सा थूक दो। मैं जानता हूँ कि इसमें तुम्हारे दिल की गलती नहीं थी, पर तुम अपने हाथों का बेहतर इस्तेमाल नहीं जानते थे।"

"मैं लड़ सकता हूँ," रॉबिन ने धीमे से कहा, "और इसे तुम जल्दी समझ भी जाओगे।"

इसके साथ ही रॉबिन के हाथों में उसका खंजर चमका और अगले ही पल हैरी की चौड़ी छाती के भीतर मूठ तक धँस गया। हैरी वेकफील्ड एक चीख के साथ जमीन पर गिर पड़ा और गिरते ही ढेर हो गया। इसके साथ ही रॉबिन ने कारिंदे के गले पर वही खून से तर खंजर रखकर उसे कॉलर से पकड़ लिया और कहा, "तुम्हें भी उसी के पीछे भेजना सही होगा, पर तुम्हारा खून मैं उस बहादुर आदमी के खून के साथ अपने खंजर में नहीं मिलने दूँगा।" और फिर उसने तेजी से कारिंदे को धक्का दिया, परिणामतः कारिंदा जमीन पर गिर पड़ा। रॉबिन ने अपना खंजर वहीं जल रहे आतिशदान की तरफ उछालते हुए कहा, "जो भी मुझे ले चलना चाहे, ले चले। शायद आग ही इस खून को साफ कर सके।"

रॉबिन चुपचाप खड़ा रहा और फिर पुलिस के अधिकारी तथा कांस्टेबल को बुलाकर खुद को उसके हवाले कर दिया।

कांस्टेबल ने कहा, "तुम्हीं ने इसका खून किया।"

"यह सब तुम्हारी गलती है," रॉबिन ने जवाब दिया, "अगर तुमने इसका हाथ दो घंटे पहले पकड़ लिया होता, तब वह दो मिनट पहले की तरह जिंदा होता।"

"तुम्हें इसका जवाब देना होगा," पुलिस अधिकारी बोला।

"कोई बात नहीं, मौत सारे कर्ज चुका देती है।" रॉबिन ने जवाब दिया।

पुलिस वाले जब रॉबिन को लेकर जा रहे थे, तभी उसने उन्हें एक पल के लिए रुकने के लिए इशारा किया। उस समय हैरी वेकफील्ड का शव एक चादर से ढका जा चुका था। रॉबिन ने आगे बढ़कर हैरी के चेहरे से कपड़ा हटाया, हैरी के दाँत भिंचे हुए थे और आँखें खुली थीं।

रॉबिन अपनी स्थिर आँखों से अपने उस मजाकिया दोस्त को देखता रहा और बुदबुदाया, "वह एक शानदार आदमी था।"

मेरी कहानी अब खत्म होने के कगार पर है। बदकिस्मत रॉबिन अदालत में खड़ा था। मैं भी वहाँ स्कॉटलैंड के एक वकील की हैसियत से मौजूद था। वहाँ के शेरिफ ने मुझे इसमें शामिल होने का सम्मान दिया था।

अंततः जज ने अपना फैसला सुना ही दिया, जिसमें रॉबिन को मौत की सजा दी गई। वहाँ मौजूद प्रत्यक्षदर्शियों ने जब उसपर एक निहत्थे पर प्रहार करने का दोषारोपण किया, तब उसका जवाब था, "मैं एक जीवन लेने पर अपना जीवन दे रहा हूँ। अब इससे अधिक और क्या कर सकता हूँ?"

रॉबिन के खिलाफ एक निहत्थे व्यक्ति की हत्या करने का इल्जाम था, पर इसमें यह भी बहस हुई कि उस पर उसके देश की भावना को लेकर चोट की गई थी। मजिस्ट्रेट के सामने बताया गया था कि कई लोगों ने मिलकर उसकी बेइज्जती की थी और उसे चोट पहुँचाई थी।

दूसरी तरफ, रॉबिन के विरोध में तर्क दिए गए कि वह अपने प्रतिद्वंद्वी से सीधे मुकाबले में नाकाबिल था, इसलिए उसने उसपर धोखे से खंजर से चोट पहुँचाई। परिणामतः हैरी की मृत्यु हो गई।

अंततः जज ने अपना फैसला सुना ही दिया, जिसमें रॉबिन को मौत की सजा दी गई। वहाँ मौजूद प्रत्यक्षदर्शियों ने जब उसपर एक निहत्थे पर प्रहार करने का दोषारोपण किया, तब उसका जवाब था, "मैं एक जीवन लेने पर अपना जीवन दे रहा हूँ। अब इससे अधिक और क्या कर सकता हूँ?"

□

5

मार्ग्रेट आंटी का आईना

मेरी मार्ग्रेट आंटी अपनी सभी बहनों में एक आदर का स्थान रखती थीं। इसकी एक वजह यह भी थी कि निःसंतान होते हुए भी उनपर कई तरह के बच्चों की देखभाल की जिम्मेदारी बनी रहती थी। वैसे हमारा परिवार काफी बड़ा था और इसमें कई तरह के स्वभाव और संरचना वाले लोग थे। इनमें से कुछ मंद और गरम मिजाज बच्चों और कुछ उद्दंड व दंभी बच्चों को मार्ग्रेट आंटी के पास उनके अनुशासन में रहने एवं सुधरने के लिए भेज दिया जाता था। कहने का तात्पर्य है कि मार्ग्रेट की जिम्मेदारी बिना माँ बने ही माँ की ही थी। उन सभी तरह के बच्चे, जो कि सुबह से लेकर रात तक उनके संरक्षण में रहते थे, उनमें से आज मेरे सिवा और कोई भी जीवित नहीं है। हालाँकि मैं शुरुआती दौर में काफी बीमार था और मुझे एक बेहतर देखभाल की जरूरत थी।

मैं हफ्ते में तीन बार अपने इस संबंध को सम्मान देने उनके पास जाया करता था, जबकि उनका घर मेरे शहर से दूर देहात में तीन मील की दूरी पर था। यहाँ पहुँचने के लिए मुझे ऊँची सड़क और सुंदर मैदानों से होकर गुजरना पड़ता था। यहाँ के खूबसूरत चरागाह किसी समय मेरे पिता के ही हुआ करते थे, मगर बाद में वे टुकड़ों-टुकड़ों में बिक भी गए। यहाँ के आलू और शलजम के खेत कभी मेरे हुआ करते थे, मगर

अब यह जगह काफी हद तक बदल चुकी है, फिर भी मार्ग्रेट आंटी के घर का पगडंडियों भरा रास्ता अभी भी नहीं बदला है। यहाँ मौजूद सीढ़ी को देखकर मुझे अपना बचपन याद आ गया। उन दिनों मेरी लंबी बीमारी के दौरान आया मुझे गोद में उठाकर इन सीढ़ियों से ले जाया करती थी। यहाँ की झील में एक बार मेरा बड़ा भाई गिरकर डूबने लगा था और पास ही दूसरा भाई हेनरी बादाम इकट्ठे कर रहा था।

अपनी इस छोटी सी यात्रा में याद करने के लिए बहुत कुछ बाकी था कि तभी मैं मार्ग्रेट आंटी के पोर्च के सामने तक आ पहुँचा था। उनका यह अपार्टमेंट कभी अर्ल हाउस का हिस्सा हुआ करता था।

जब मैं अपने इन्हीं विचारों में डूबा हुआ था कि तभी मैं इस बड़े से भवन के मुख्य द्वार से भीतर प्रवेश कर चुका था। मेरे मन में मार्ग्रेट आंटी की वह पुरानी छवि थी, जब मैं दस वर्ष का हुआ करता था, पर अब वही बच्चा छप्पन साल का हो चुका है और मार्ग्रेट आंटी भी उसी अनुपात में बढ़ चुकी थीं।

जब मैं अपने इन्हीं विचारों में डूबा हुआ था कि तभी मैं इस बड़े से भवन के मुख्य द्वार से भीतर प्रवेश कर चुका था। मेरे मन में मार्ग्रेट आंटी की वह पुरानी छवि थी, जब मैं दस वर्ष का हुआ करता था, पर अब वही बच्चा छप्पन साल का हो चुका है और मार्ग्रेट आंटी भी उसी अनुपात में बढ़ चुकी थीं।

उस बुजुर्ग महिला के बाल सफेद हो चुके थे और उसने चॉकलेटी रंग का गाउन पहन रखा था। हालाँकि वह गाउन बहुत पुराने फैशन का नहीं था और वह बिल्कुल वैसे ही बैठी थीं, जैसे तीस साल पहले बैठती थीं। उन्हें देखकर लगता था कि वे मजबूत काठी की बनी हुई हैं, मगर फिर भी उन पर उम्र का असर आने लगा था।

लोगों का खयाल रखने की मानसिकता और उनके प्रति लगाव ने मार्ग्रेट आंटी को इस नर्सरी का सेवक बना दिया था। मार्ग्रेट आंटी के साथ मेरी बातचीत का संबंध वर्तमान या भविष्य को लेकर नहीं था, क्योंकि गुजरते हुए दिनों के लिए आवश्यकतानुसार हमारे पास सभी कुछ था और उम्र के इस पड़ाव पर न तो आशा, न भय और न ही व्याकुलता बची थी। इसीलिए हम वर्तमान और भविष्य को छोड़कर अतीत की तरफ देख रहे थे। इस संक्षिप्त विवेचना के साथ पाठकों को मार्ग्रेट आंटी और उनके भतीजे के वार्त्तालाप को समझने में आसानी होगी।

लोगों का खयाल रखने की मानसिकता और उनके प्रति लगाव ने मार्ग्रेट आंटी को इस नर्सरी का सेवक बना दिया था। मार्ग्रेट आंटी के साथ मेरी बातचीत का संबंध वर्तमान या भविष्य को लेकर नहीं था, क्योंकि गुजरते हुए दिनों के लिए आवश्यकतानुसार हमारे पास सभी कुछ था और उम्र के इस पड़ाव पर न तो आशा, न भय और न ही व्याकुलता बची थी।

पिछले हफ्ते गरमियों की शाम को जब मैं मार्ग्रेट आंटी से मिलने गया था, तब उनमें उनके पुराने व्यवहार के बावजूद एक खास तरह की संजीदगी नजर आ रही थी। मैंने उनसे इसकी वजह जाननी चाही। "वे पुराने पूजाघर की खास जगह हटाने जा रहे हैं। जॉन क्लेह्जन को लगता है कि इसमें उनके पुराने पूर्वजों की अस्थियाँ दफन हैं," उन्होंने कहा। आंटी ने मेरी बाँहों पर अपना हाथ रखकर कहना शुरू किया, "यह प्रार्थना-स्थल बहुत समय से एक आम मैदान की तरह रहा है। इसके इस्तेमाल के लिए मैं क्यों विरोध करूँगी, जोकि उसी के फायदे के लिए है?" फिर भी मैंने उससे कहा और उसने वादा किया कि यदि इसमें उसे कुछ अवशेष या अस्थियाँ मिलती हैं, तब वे इसे पुनः

प्रतिस्थापित कर देंगे। अब जो पहला पत्थर निकला था, वह सन् 1585 का मार्ग्रेट बोथवेल के नाम का था।

"फिर आपने क्या कहा?" मैंने पूछा और शायद जाने के लिए मैंने अपना हैट उठाया, "हमेशा मौत के बारे में सोचना और कब्र के पत्थर की बातें करना एक तरह से अंधविश्वास है। आप एक खत्म होते परिवार का अंतिम सहारा हैं। क्या मुझे ऐसे व्यक्ति को कमजोर समझना चाहिए?

ठीक है, मैं तुम्हें भी इसी से मिलती-जुलती एक और बात बताती हूँ। तुम तो जानते ही हो कि मैं एक पुराने तौर-तरीके वाली भावुक महिला हूँ। मैं तुम्हारी तार्किकता से इनकार नहीं करती हूँ, मगर मेरी इच्छा के विरुद्ध मुझे समझकर तुम्हें कुछ हासिल नहीं होगा।

"तुम मुझे अंधविश्वासी मत समझो। मैं मानव जीवन की वास्तविक घटना के बारे में बोल रही हूँ," मार्ग्रेट ने कहा, "मगर इसके लिए मुझे कुछ अंधविश्वासी भी होना पड़ेगा और जिसे मैं छोड़ना भी नहीं चाहती हूँ। यह एक ऐसा अहसास है, जो मुझे इस उम्र से अलग करता है और उससे जोड़ता है, जिसकी मैं जल्दी में हूँ। यह किसी तरह की तार्किकता और व्यवहार को प्रभावित किए बिना मेरी कल्पना को आराम पहुँचाता है।"

"मैं यह मानता हूँ कि आप ठीक कह रही हैं," मैंने जवाब दिया।

"ठीक है, मैं तुम्हें भी इसी से मिलती-जुलती एक और बात बताती हूँ। तुम तो जानते ही हो कि मैं एक पुराने तौर-तरीके वाली भावुक महिला हूँ। मैं तुम्हारी तार्किकता से इनकार नहीं करती हूँ, मगर मेरी इच्छा के विरुद्ध मुझे समझकर तुम्हें कुछ हासिल नहीं होगा।

"प्यारे भतीजे, तुम स्नानागार के तौर-तरीकों के बारे में अभी बिल्कुल नौसिखिए हो। सभी औरतों में मिलन पर जाने से पहले आईना

देखने का उतावलापन होता है, पर जब वे लौटकर घर वापस आती हैं, तब उस आईने में वही रौनक नहीं रहती है। ड्रेसिंग टेबल के रहस्यों की गहराई में गए बिना ही मैं तुम्हें एक ऐसे ही आईने की कहानी सुनाऊँगी, जिसमें मोमबत्ती की छाया इसके धुँधलेपन की वजह से वापस परावर्तित नहीं हो पाती थी। वैसे यह आईना और भी बहुत सी चीजें बता देता था। मैं तुम्हें अपनी दादी की सुनाई कहानी बताती हूँ।"

□

6

आईना

भाग-1

आंटी ने कहा, "तुम्हें समाज के उन लोगों का चित्र बनाना पसंद है, जो अब गुजर चुके हैं। मैं तुम्हें इस शताब्दी के अंत के स्कॉटलैंड के एक स्वच्छंद, स्वेच्छाचारी जीवन जीनेवाले व्यक्ति सर फिलिप फॉरेस्टर के बारे में बताना चाहती हूँ। वैसे, मैंने उसे नहीं देखा है, पर मेरी माँ और नानी को उसके साहस, विनोदप्रियता और फिर अचानक गायब हो जाने के बारे में पता था। इस सामंत का उदय सत्रहवीं शताब्दी के आखिर और अठारहवीं शताब्दी की शुरुआत में ही हुआ था। वह अपने द्वंद्वयुद्धों और कपटयुक्त सफलता के लिए मशहूर था।

"अब मैं तुम्हें उसके संबंधियों के बारे में बताती हूँ और मेरा तुमसे यह वादा है कि मैं इसे अतिवाद से भी बचाऊँगी, किंतु मेरी इस कहानी को जानने से पहले तुम्हें सर फिलिप फॉरेस्टर के बारे में जान लेना बहुत जरूरी है। फिलिप एक खूबसूरत युवा और आधुनिकता से भरा हुआ व्यक्ति था और उसने कायलैंड के राजा की राजकुमारी मिस फॉल्केनर से शादी भी की थी। इस राजकुमारी की बड़ी बहन पहले ही मेरे दादा, सर जियोफ्रे बोथवेल की पत्नी बन चुकी थीं। उन्हें लोग मिस जेमिमा या

मिस जे पी फॉल्केनर पुकारते थे तथा उनके आने से हमारे परिवार का भाग्योदय भी हो गया था।

"वैसे इन दोनों बहनों के स्वभाव में काफी भिन्नता थी। लेडी बोथवेल में पुराने राजा कायलैंड के रक्त का असर था। वह साहसी और अपने परिवार एवं घर को बढ़ाने की चाहत रखती थीं। ऐसा भी कहा जाता रहा है कि वह मेरे दादा के राजनीतिक मामलों में भी अपना दखल रखती थीं, क्योंकि वे थोड़े आलसी थे। लेडी बोथवेल एक सिद्धांतवादी महिला थीं, हालाँकि उनमें मर्दानी समझ भी थी, जिसका पता उनके कुछ पत्रों से भी चलता है, जोकि अभी भी मेरी दराज में रखे हैं।

"जे.पी. फॉल्केनर अपनी बहन के बिल्कुल विपरीत स्वभाव की थीं। उनकी समझदारी भी औसत से कुछ कम ही थी और उनमें सुंदरता होते हुए भी एक विशेष भाव प्रदर्शन का अभाव था। उनके बेमेल दांपत्य जीवन की पीड़ा के बावजूद वे अपने पति के प्रति दीवानगी भरा लगाव रखती थीं; जबकि उनके साथ एक विनम्र, कपटपूर्ण उपेक्षा का व्यवहार होता था। सर फिलिप कामुकता से भरा हुआ स्वार्थी और दंभी व्यक्ति था तथा वह हमेशा अपने साथ एक पतली दोधारी तलवार रखता था। वैसे, दिखावे के लिए वह अपनी पत्नी का बहुत खयाल रखता था, मगर उसके पास उसे इनसे वंचित रखने की कला भी थी।

जे.पी. फॉल्केनर अपनी बहन के बिल्कुल विपरीत स्वभाव की थीं। उनकी समझदारी भी औसत से कुछ कम ही थी और उनमें सुंदरता होते हुए भी एक विशेष भाव प्रदर्शन का अभाव था। उनके बेमेल दांपत्य जीवन की पीड़ा के बावजूद वे अपने पति के प्रति दीवानगी भरा लगाव रखती थीं; जबकि उनके साथ एक विनम्र, कपटपूर्ण उपेक्षा का व्यवहार होता था।

"लोग अपनी बातचीत में उसकी पत्नी की तकलीफों के पीछे उस दुष्ट पति को जिम्मेदार ठहराते थे। कुछ उन्हें बेचारी कहते और इसके पीछे उनकी कलहप्रियता मानते थे, मगर कोई भी सर फिलिप को न्यायोचित नहीं कहता था। कुछ लोगों को लगता था कि यदि उनमें अपनी बड़ी बहन की भावना होती, तब स्थिति कुछ और ही होती, पर अधिकतर लोगों का मानना था कि इसमें गलती दोनों ही तरफ से थी। हालाँकि वास्तविकता यह थी कि इसमें एक पीड़िता थी और दूसरा पीड़ित करनेवाला था, मगर जैमी ने फिलिप को चुन क्यों लिया था? यहाँ तक कि इसके लिए फिलिप को दस हजार पाउंड्स मिले भी थे, पर मुझे लगता है कि यदि उसने फिलिप को नहीं चुना होता, तब फिलिप ने कहीं और बड़ा हाथ मारा होता और जेमी के पास अपना पति, बच्चे तथा सुखमय जीवन होता, लेकिन मेरा यह दावा है कि सर फिलिप उसी औरत के साथ एक घरेलू आदमी बनकर रहता, जो उसे ठीक ढंग से इस्तेमाल करना जानती।

लोग अपनी बातचीत में उसकी पत्नी की तकलीफों के पीछे उस दुष्ट पति को जिम्मेदार ठहराते थे। कुछ उन्हें बेचारी कहते और इसके पीछे उनकी कलहप्रियता मानते थे, मगर कोई भी सर फिलिप को न्यायोचित नहीं कहता था। कुछ लोगों को लगता था कि यदि उनमें अपनी बड़ी बहन की भावना होती, तब स्थिति कुछ और ही होती, पर अधिकतर लोगों का मानना था कि इसमें गलती दोनों ही तरफ से थी।

अब लोग चाहे जितनी स्पष्ट आलोचना करें, पर यह तय है कि सर फिलिप जो जीवन जीता था, वह उसकी टूटी-फूटी आमदनी से संभव नहीं था। वह बाहर अपनी महिला मित्रों के साथ चाहे जितना भी

विनोदप्रिय ढंग से रहे, पर अपने पीछे एक खाली हवेली और पीड़ित पत्नी को ही छोड़कर जाता था।

अपनी आर्थिक तंगी से आजिज आकर एक दिन उसने अपने नीरस घर को छोड़कर यूरोप का टूर लगाने की योजना बनाई, जोकि उन दिनों के लोगों का फैशन भी हुआ करता था। साथ-ही-साथ इस सामंत के मन में भी सैन्य आकर्षण के तहत अपने स्तर को ऊपर उठाने की ललक भी नजर आती थी।

सर फिलिप ने अपनी पत्नी को भययुक्त पीड़ा पहुँचाने का काम किया। फिर भी अपनी चाहत के विपरीत उसने अपनी पत्नी की आकांक्षाओं को राहत पहुँचाने की कोशिश भी की। दूसरी तरफ, सामंत की बीवी दुःख के आँसू रोक पाने में असमर्थ थी, पर इसमें उसके संपूर्ण दुःख में एक आनंद भी घुला-मिला था। लेडी बोथवेल ने सर फिलिप से उनकी यात्रा के दौरान अपनी बहन को अपने घर ले जाने की अनुमति माँगी, जोकि उसने खर्च बचाने की गरज से तुरंत दे भी दी और मन-ही-मन सोचा कि चलो, इससे उसकी प्रतिष्ठा पर आँच नहीं आएगी।

सर फिलिप के प्रस्थान के एक या दो दिन पहले लेडी बोथवेल ने फिलिप से सीधा सवाल किया, जोकि उसकी डरपोक पत्नी उससे पूछना चाहकर भी पूछने का साहस न करती।

"सर फिलिप, आप अपनी इस यात्रा में कौन सा मार्ग अपनाएँगे?"

"मैं लेथ से हेलवोट होकर जाऊँगा।"

"मुझे भी ऐसा ही लगा था, पर मेरे अनुसार आप हेलवोट में बहुत रुकेंगे नहीं। इसलिए आपकी अगली मंजिल कौन सी जगह होगी?"

"आपने मुझसे वह सवाल पूछ लिया, जोकि मैं खुद से भी पूछने की हिम्मत न करता। इसका जवाब युद्ध के भाग्य पर निर्भर है। यहाँ से मैं सीधा हेडक्वार्टर जाऊँगा और वहाँ अपना परिचय देने के बाद युद्ध के

गुर सीखूँगा, जिसके बारे में मैंने गजट में पढ़ भी रखा है।"

लेडी बोथवेल ने कहा, "सर फिलिप, मुझे यकीन है कि आपको याद होगा कि आप एक पति और पिता भी हैं तथा सेना के प्रति अपनी इस दीवानगी में आप अपने को बड़े खतरे में डालने की जल्दी में नहीं रहेंगे।"

"लेडी बोथवेल, ऐसी परिस्थिति में थोड़ी रुचि दिखाकर आपने मुझे बहुत सम्मान दिया है," सामंत बोला।

"ठीक है, पर फिलिप, आप अपनी स्थिति बेहतर समझते हैं और मेरा आपके मामले में दखल देने का अधिकार भी नहीं है। आखिरकार आप मेरे पति नहीं हैं, पर मेरी बहन के पति हैं और आपको उसकी वर्तमान पीड़ा को अपने दिमाग में रखना चाहिए।"

"क्या सुबह से रात तक कुछ और न सुनना ही उसका खयाल रखना है?" फिलिप ने कहा।

"मुझे इस विषय में कुछ नहीं कहना है, पर उसे आपकी सुरक्षा की वजह से तनाव है," लेडी बोथवेल बोलीं।

"इस स्थिति में मुझे आश्चर्य है कि लेडी बोथवेल को इन छोटे-मोटे मामलों में खुद को कम तकलीफ देनी चाहिए।"

"मेरी बहन की परेशानी आपकी सुरक्षा से है, पर मैं अपने ममेरे भाई की सुरक्षा की वजह से भी परेशान हूँ।"

"आपका मतलब मेजर फॉल्केनर से है? वाकई मैं उन्हें जानता हूँ और उनसे कभी-कभार मेरी बात भी हुई है," सर फिलिप ने कहा, "मगर आपको लगता है कि मेजर फॉल्केनर मेरे घरेलू मामले में अपने परामर्श के द्वारा दखल देंगे? मगर तब मैं इसे पसंद नहीं करूँगा।"

"क्या आप उसी सेना में शामिल होंगे, जिसमें मेरा भाई फॉल्केनर है?"

"युद्ध की चाहत रखनेवाले अपने कदमों से ही निर्देशित होते हैं।"

लेडी बोथवेल आँखों में आँसू लिये खिड़की के पास चल दीं।

सर फिलिप बनावटी स्वर में बोलता हुआ मुड़ गया, "हम दोनों ही गलत हैं। आप हमसे अधिक संजीदा हैं। मेजर फॉल्केनर के साथ मेरा विरोध जमीनी परिणामों पर आधारित नहीं है। मैं आपकी अच्छी भावना को समझता हूँ और आप भी मुझे समझेंगी, पर जेमिमा यह नहीं समझ सकती। उसके बार-बार सवाल होते हैं कि तुम ऐसा क्यों नहीं कर सकते हो ? आप उसे समझ सकती हैं।" लेडी बोथवेल ने अपना सिर हिलाया और कहा कि इसमें मैं आपको ईश्वर और व्यक्ति दोनों के लिए जिम्मेदार ठहराती हूँ।

सर फिलिप ने कहा, "डरिए मत कि मैं आपको धोखा दूँगा। जनरल पोस्ट ऑफिस से मेरे पत्र आते रहेंगे।"

सर फिलिप बनावटी स्वर में बोलता हुआ मुड़ गया, "हम दोनों ही गलत हैं। आप हमसे अधिक संजीदा हैं। मेजर फॉल्केनर के साथ मेरा विरोध जमीनी परिणामों पर आधारित नहीं है। मैं आपकी अच्छी भावना को समझता हूँ और आप भी मुझे समझेंगी, पर जेमिमा यह नहीं समझ सकती। उसके बार-बार सवाल होते हैं कि तुम ऐसा क्यों नहीं कर सकते हो ? आप उसे समझ सकती हैं।"

मेरे लिए यह बताना मुश्किल है कि सर फिलिप किस साल वह जगह छोड़कर चला गया था, पर उन दिनों लड़ाई छिड़ी हुई थी और छिटपुट झड़पें फ्रांस और दूसरे सहयोगी दलों के बीच हो रही थीं। इन दिनों मार्लबोरो के अभियान में सेना के लोगों के पास उनके रिश्तेदारों की भी तकलीफें असहनीय थीं। इन खूनी लड़ाइयों में बहुत से लोगों का पता भी नहीं चल पाता था। सर फिलिप की पत्नी की स्थिति भी इन्हीं में एक थी। उसके पास सर फिलिप के वहाँ पहुँचने का सिर्फ एक ही पत्र आया था। इस बारे में

एक खबर अखबार में भी छपी थी कि सर फिलिप को एक खतरनाक टोही जिम्मेदारी सौंपी गई थी और इसके लिए उसके कमांडिंग ऑफिसर ने उसके साहस और बहादुरी के लिए बधाई भी दी थी। इस खबर से उसकी पत्नी के मुख पर एक चमक तो आई, पर अगले ही पल इसके भावी खतरे को सोचकर गुम हो गई। इस घटना के बाद न तो सर फिलिप और न ही उनके भाई फॉल्केनर की कोई सूचना मिली। यह स्थिति सिर्फ लेडी फॉल्केनर की ही नहीं थी, वहाँ इस तरह के सैकड़ों और भी लोग थे, मगर एक कमजोर मन:स्थिति परेशान कर देनेवाली होती है और करीब-करीब यही स्थिति लेडी फॉरेस्टर की भी थी।

भाग-2

जब सर फिलिप के बारे में उनकी पत्नी को किसी भी तरह की सूचना नहीं मिली, तब उस पीड़ा की घड़ी में भी उसे थोड़ा सुकून मिला, क्योंकि वह उसकी लापरवाही की आदतों से पहले से ही परिचित थी। उसने अपनी बहन से तकरीबन सौ बार कहा कि "वह बिल्कुल ही विचारहीन व्यक्ति है। वह कभी नहीं लिखेगा कि सबकुछ ठीक-ठाक है और यदि कुछ गड़बड़ है, तो क्या वह मुझे सूचित नहीं कर सकता था?"

लेडी बोथवेल ने अपनी बहन को बिना सांत्वना दिए ही सुना। शायद उसे लगता था कि फ्लैंडर से और भी बुरी खबर आ सकती थी। वैसे यह धारणा तब और भी बलवती हो गई, जब हेडक्वार्टर से की गई पूछताछ से पता चला कि फिलिप अब वहाँ नहीं है। या तो वह किसी छिटपुट लड़ाई में मारा गया होगा या फिर वह अपने मनमौजी स्वभाव के कारण फौज की नौकरी छोड़कर चला गया होगा, पर उसके सहयोगी और देश के लोगों के लिए इसका अंदाजा लगाना मुश्किल था। इसी बीच उसे जिन लोगों ने कर्ज दिया था, वे उसकी संपत्ति पर कब्जा लेने

के लिए बेचैन थे। ये सभी परेशानियाँ लेडी बोथवेल को परेशान कर रही थीं, जिसके लिए वह भगोड़ा पति ही जिम्मेदार था, जबकि उसकी बहन सिवाय अपने पति की गैर–मौजूदगी के दुःख के और कुछ भी नहीं देख रही थी।

इन्हीं दिनों एडिनबर्ग में एक आडंबरयुक्त व्यक्ति के आगमन की चर्चा हुई। लोग उसे 'पाडुआन डॉक्टर' के नाम से पुकारते थे। उसने किसी मशहूर विश्वविद्यालय से शिक्षा भी प्राप्त कर रखी थी। ऐसा माना जाता था कि उसके पास कुछ विशेष बीमारियों को ठीक करने की औषधियाँ और विशेषता है। हालाँकि एडिनबर्ग के बहुत से चिकित्सकों का मानना था कि वह सिर्फ नीम हकीम ही है, किंतु वहाँ कुछ पादरी भी थे, जोकि उसके इलाज और औषधियों को मानते थे और उन्हें लगता था कि डॉक्टर बपतिस्ता दमियखेती में कुछ अलौकिक शक्तियाँ हैं, जिनका इस्तेमाल वह इलाज के दौरान करता है। वैसे इन्हें हासिल करने के खिलाफ प्रवचन दिए गए थे, जैसे गुड़िया से स्वास्थ्य हासिल करना, जोकि मिस्र से आया था। पाडुआन डॉक्टर को एडिनबर्ग में भी एक जादू जाननेवाले ओझा के रूप में पहचान मिल गई और ऐसा माना जाने लगा कि वह गायब हो चुके लोगों की वास्तविक स्थिति का पता करके उनके मित्रों को भी बता देता था। धीरे–धीरे यह अफवाह लेडी फॉरेस्टर के कानों तक भी

वैसे इन्हें हासिल करने के खिलाफ प्रवचन दिए गए थे, जैसे गुड़िया से स्वास्थ्य हासिल करना, जोकि मिस्र से आया था। पाडुआन डॉक्टर को एडिनबर्ग में भी एक जादू जाननेवाले ओझा के रूप में पहचान मिल गई और ऐसा माना जाने लगा कि वह गायब हो चुके लोगों की वास्तविक स्थिति का पता करके उनके मित्रों को भी बता देता था।

पहुँची, जोकि अभी तक अपनी मानसिक पीड़ा से ही जूझ रही थीं और इस स्थिति में संदेह में भी सुनिश्चितता नजर आती है।

लेडी बोथवेल ने जब सुना कि उनकी बहन उस व्यक्ति से अपने पति के भाग्य की स्थिति को जानने के लिए मिलना चाहती है, तब उन्हें बहुत आश्चर्य नहीं हुआ, क्योंकि इस मन:स्थिति में ऐसी भावना संभव थी। लेडी बोथवेल ने इस तरह की आशंकाओं में धोखेबाजी होने की बात भी बताई।

लेडी बोथवेल ने जब सुना कि उनकी बहन उस व्यक्ति से अपने पति के भाग्य की स्थिति को जानने के लिए मिलना चाहती है, तब उन्हें बहुत आश्चर्य नहीं हुआ, क्योंकि इस मन:स्थिति में ऐसी भावना संभव थी। लेडी बोथवेल ने इस तरह की आशंकाओं में धोखेबाजी होने की बात भी बताई।

"मुझे इसकी परवाह नहीं है। यदि मेरे पति की स्थिति जानने में एक प्रतिशत की भी संभावना हो, तब भी मैं इस अवसर को हाथ से जाने नहीं दूँगी," लेडी फॉरेस्टर ने कहा।

दूसरी तरफ लेडी बोथवेल ने इस तरह की निषेध जानकारी को उचित नहीं बताया।

पीड़िता ने जवाब दिया, "सिस्टर! जो व्यक्ति प्यास से मर रहा हो, उसे जहरीला पानी पीने से भी रोका नहीं जा सकता। संदेह की पीड़ादायक स्थिति में सिर्फ सूचना की आवश्यकता होती है, चाहे वह नरक से ही क्यों न मिले। मैं अपना भाग्य जानने आज शाम को ही जाऊँगी, ताकि कल का सूरज मुझे खुश भले न देखे, पर संतुष्ट अवश्य पाएगा।"

"सिस्टर!" लेडी बोथवेल बोलीं, "यदि तुमने यह कदम को उठाने का निश्चय कर ही लिया है, तब तुम अकेले नहीं जाओगी। यदि वह आदमी धोखेबाज होगा, तब तुम अपने आप पर काबू नहीं रख पाओगी

और यदि इसमें थोड़ी भी सच्चाई हुई, जिसका कि मुझे यकीन नहीं है, तब भी तुम इस विशेष स्थिति में संवाद नहीं कर सकोगी। यदि तुमने जाने का विचार कर ही लिया है, तब मैं भी तुम्हारे साथ चलूँगी। फिर भी, अपनी योजना पर पुनर्विचार कर लो।"

लेडी फॉरेस्टर अपनी बहन के गले से लिपट गई। उसे अपने साथ चलने के लिए बधाई भी दी।

साँझ के धुँधलके में दोनों महिलाओं ने अपने पूर्व नियोजित कार्यक्रम के अनुसार पाडुआन डॉक्टर से मिलने का निश्चय किया और साधारण कपड़े पहने, ताकि लोगों को पता न चल सके कि वे कौन हैं? इस तरह साधारण भेस में वहाँ जाने की योजना लेडी बोथवेल की ही थी और इसके लिए उन्होंने अपने साथ एक विश्वसनीय नौकर को भी ले लिया था, जोकि डॉक्टर को इसके लिए भुगतान भी करेगा एवं उसे बताएगा कि एक सैनिक की पत्नी अपने पति का भाग्य जानना चाहती है।

रात को जब महल की घड़ी ने आठ बजाए, तब लेडी बोथवेल ने अपनी बहन की तरफ इस उम्मीद के साथ देखा कि वह शायद अपनी इस जल्दबाजी के लिए पीछे हट जाए, पर लेडी फॉरेस्टर पहले की तरह चलने के लिए दृढ़ थीं। लेडी बोथवेल ने अपनी बहन को इस संकट की घड़ी में अकेला न छोड़ने का निश्चय करते हुए अपने एक नौकर के साथ एक धुँधले से रास्ते पर चल पड़ी। यहाँ उनका नौकर ही उनका मार्गदर्शक था। कुछ दूर चलने पर वह अचानक एक सँकरे से मार्ग की तरफ मुड़ा और एक पुरानी सी इमारत के अर्धचंद्रनुमा दरवाजे को थपथपाने लगा। दरवाजा खुला, पर वहाँ कोई नौकर नहीं नजर आया। वे सभी भीतर प्रवेश कर गए। भीतर कमरे में एक धीमी रोशनी वाला लैंप जल रहा था और सामने ड्योढ़ी के पास एक दूसरा दरवाजा था, जोकि थोड़ा खुला हुआ था।

"जेमिमा, हमें अब हिचकिचाना नहीं चाहिए," लेडी बोथवेल ने कहा और फिर वे सामनेवाले कमरे में घुस गईं, जहाँ अलमारी में किताबें और खास तरह के दार्शनिक अंदाज वाले बरतन रखे हुए थे। ऐसा लग रहा था कि यहाँ रहनेवाला कलाप्रेमी था। सामने तकरीबन पचास साल का एक व्यक्ति काले सूट, जोकि उन दिनों चिकित्सा के पेशे की ड्रेस हुआ करता था, में बैठा था। जैसे ही वे दोनों महिलाएँ हॉल में घुसीं, वह उनके सम्मान में खड़ा हो गया।

लेडी बोथवेल ने अपनी पहचान छुपाते हुए उससे कहा, "हम लोग बहुत गरीब हैं। केवल मेरी बहन की तकलीफ ही हमें यहाँ ले आई है।"

वह मुसकराया और उनकी ओर देखता हुआ बीच में ही बोला, "मुझे आपकी बहन की परेशानी और इसकी वजह भी मालूम है। यह मेरा सम्मान है कि मेरे यहाँ इतने ऊँचे स्तर की महिलाएँ लेडी बोथवेल और लेडी फॉरेस्टर पधारी हैं। यदि मैं उनकी हैसियत इन साधारण कपड़ों की वजह से नहीं पहचान सकता, तब वे जो सूचना मुझसे प्राप्त करने आई हैं, उसे उन्हें संतुष्ट कर पाने की संभावना बहुत कम होगी।"

"मैं समझ सकती हूँ," लेडी बोथवेल ने कहा।

उस इटली वाले ने दुबारा उन्हें रोकते हुए विनम्रतापूर्वक कहा, "आप शायद यह समझ रही हैं कि मुझे आप लोगों के नाम आपके नौकर से पता चले हैं, तब आप उसकी निष्ठा के साथ अन्याय करेंगी और मैं स्वयं बपतिस्ता दमियखेती आपके किसी नौकर से कम नहीं हूँ।"

"मेरा इस तरह का कोई इरादा नहीं था, पर वह परिस्थिति मेरे लिए बिल्कुल नई है और जब आप हमें जान ही गए हैं, तब आपको यह भी पता होगा कि हम यहाँ क्यों आए हैं?" लेडी बोथवेल ने कहा।

"स्कॉटलैंड के एक भद्र पुरुष के बारे में जानने के लिए; जिसका

नाम फिलिप फॉरेस्टर है और वह इस भद्र महिला का पति है," उसने जवाब दिया।

लेडी फॉरेस्टर ने एक गहरी साँस ली और लेडी बोथवेल ने जवाब दिया, "जब आपको हमारे बिना बताए ही हमारे उद्देश्य के बारे में पता है, तब सिर्फ एक ही सवाल बचता है कि क्या आप मेरी बहन की जिज्ञासा शांत कर सकते हैं?"

"जी हाँ, मैडम," पाडुआन ने जवाब दिया, "पर मुझे भी एक जानकारी चाहिए कि फिलिप फॉरेस्टर इस समय जो कुछ कर रहा है, उसे अपनी आँखों से देखने का साहस आपमें है या फिर आप इसके बारे में मुझसे सुनना चाहती हैं?"

"इसका बेहतर जवाब मेरी बहन ही दे सकती है," लेडी बोथवेल बोलीं।

"आप जो भी दिखाना चाहें, मेरी आँखों में उसे बरदाश्त करने की क्षमता है," लेडी फॉरेस्टर ने कहा।

"जी हाँ, मैडम," पाडुआन ने जवाब दिया, "पर मुझे भी एक जानकारी चाहिए कि फिलिप फॉरेस्टर इस समय जो कुछ कर रहा है, उसे अपनी आँखों से देखने का साहस आपमें है या फिर आप इसके बारे में मुझसे सुनना चाहती हैं?"

"इसका बेहतर जवाब मेरी बहन ही दे सकती है," लेडी बोथवेल बोलीं। "आप जो भी दिखाना चाहें, मेरी आँखों में उसे बरदाश्त करने की क्षमता है," लेडी फॉरेस्टर ने कहा।

"इसमें खतरा हो सकता है।"

लेडी फॉरेस्टर ने अपना पर्स बाहर निकालते हुए पूछा, "क्या यह सोना इस खतरे को कम कर सकता है?"

"मैं यह काम इस तरह के फायदे के लिए नहीं करता हूँ," उस विदेशी ने जवाब दिया, "यदि मैं संपन्नों से सोना लेता भी हूँ, तो वह

केवल गरीबों को देने के लिए और मैंने जो धन आपके नौकर से प्राप्त किया है, उससे अधिक मैं लेता भी नहीं हूँ। मैडम, कृपया अपना बटुआ रख लीजिए।"

लेडी बोथवेल ने अपनी बहन के प्रस्ताव को उस ओझा के इनकार करने पर इसे महज उसकी चालाकी के रूप में ही समझा और महसूस किया कि शायद उसने अपनी कीमत बढ़ाने के लिए ऐसा किया था।

"लेडी बोथवेल को अपनी दयालुता थोड़ी बढ़ानी चाहिए," पाडुआन ने साथ में यह भी जोड़ा, "केवल भीख देने में ही नहीं, बल्कि दूसरों के चरित्र को आँकने में भी और बपतिस्ता दमियखेती को धोखेबाज सिद्ध होने से पहले उसे ईमानदार समझने की कोशिश करें। मैडम, आश्चर्य मत करिए, यदि मैं आपके विचारों का जवाब देने के बजाय फिर से आपसे पूछना चाहता हूँ कि क्या आप उस दृश्य को देखने के लिए तैयार हैं, जो मैं आपको दिखाने जा रहा हूँ?"

लेडी बोथवेल ने कहा, "मुझे आपकी बातों से थोड़ा डर लग रहा है, पर मैं अपनी बहन के साथ हूँ।"

"नहीं, इसमें खतरा सिर्फ आपकी दृढ़ता के कम होने पर होगा। यह दृश्य सिर्फ सात मिनट तक ही दिखेगा और यदि आप बिना बोले चुपचाप इसे देखती रहीं, तब कोई खतरा नहीं है, पर यदि एक शब्द भी बोला गया, तब देखनेवाले पर जोखिम हो सकता है।"

लेडी बोथवेल ने मन-ही-मन सुरक्षा के बारे में सोचा, पर ऊपर से भाव प्रकट नहीं किए। उनकी दृढ़ता देखकर उस डॉक्टर ने कहा कि अब यह उनकी इच्छा के अनुसार तैयारी करने जा रहा है और फिर कमरे से बाहर चला गया। दोनों बहनें आपस में एक-दूसरे का हाथ थामे बैठी रहीं और दोनों ही एक-दूसरे को अपनी दृढ़ता एवं साहस से सहारा दे रही थीं।

इन दोनों के विचारों में अवरोध तब उत्पन्न हुआ, जब उन्होंने संगीत की एक धीमी आवाज सुनी, जो कि संभवत: किसी तारोंवाले वाद्ययंत्र से आ रही थी और जैसे ही संगीत रुका, हॉल के ऊपर के हिस्से में बने कमरे का दरवाजा खुला। उन्होंने देखा कि वहाँ दमियखेती खड़ा है, उसके कपड़े बिल्कुल बदले हुए लग रहे थे तथा उनका रंग भी पीला था और घुटनों तक उसके पाँव भी नंगे थे। उसे देखकर यह अंदाजा लगाना मुश्किल था कि थोड़ी देर पहलेवाला वह व्यक्ति वही था? उसके चेहरे के भाव भी विचित्र थे तथा उसने अपने लंबे बालों को पीछे की तरफ बाँध रखा था।

दोनों महिलाएँ उनके आदर में खड़ी हुईं, पर उसने उन्हें पहले वाला बरताव नहीं प्रदर्शित किया तथा अपने मुँह पर उँगली रखकर उन्हें शांत रहने का आदेश सूचक इशारा किया और फिर उनका नेतृत्व करता हुआ दूसरे कमरे की तरफ चल दिया।

इन दोनों के विचारों में अवरोध तब उत्पन्न हुआ, जब उन्होंने संगीत की एक धीमी आवाज सुनी, जो कि संभवत: किसी तारोंवाले वाद्ययंत्र से आ रही थी और जैसे ही संगीत रुका, हॉल के ऊपर के हिस्से में बने कमरे का दरवाजा खुला। उन्होंने देखा कि वहाँ दमियखेती खड़ा है, उसके कपड़े बिल्कुल बदले हुए लग रहे थे तथा उनका रंग भी पीला था और घुटनों तक उसके पाँव भी नंगे थे।

यह कमरा पहलेवाले कमरे से बड़ा था तथा इसका रंग काला था। इसे देखकर लगता था कि यह अंतिम संस्कार के लिए भी तैयार किया गया था। वहीं पास की एक बड़ी सी मेज पर जादू-टोने के सामान बिखरे पड़े थे। चूँकि वहाँ रोशनी मद्धिम थी, इसलिए उनका उचित अनुमान लगाना मुश्किल था। पाडुआन कमरे के एक कोने तक पहुँच चुका था और उसके मुँह से इटली की भाषा के

कुछ अस्पष्ट-से शब्द निकल रहे थे। इसी के साथ उसने अपनी छाती पर हाथों से क्रॉस बनाया और वहीं अपने हाथों में दो स्टूल उठाए तथा उन दोनों महिलाओं को बैठने के लिए दे दिए, तभी उसने अपने कपड़ों के भीतर से एक माचिस निकाली और पास में रखे लैंप को जला दिया। लैंप की तेज रोशनी में पूरा कमरा नहा गया। कमरे के सामने की तरफ दो नंगी तलवारें एक-दूसरे को काटती हुई रखी थीं और उनके बीच में एक खुली किताब भी थी, जिसे देखकर किसी पवित्र पुस्तक का आभास हो रहा था। सामने की तरफ एक मानव कंकाल की खोपड़ी थी और ठीक उसी के पीछे एक बड़ा सा आईना भी रखा था, मगर वह ओझा जिस भाषा का इस्तेमाल कर रहा था, वह उन दोनों की समझ से परे थी।

वह ओझा उन दोनों महिलाओं के बीच में खड़ा हो गया और उसने उस आईने की तरफ इशारा किया। अचानक ही वह आईना अब पहले की तरह चमकदार नहीं रह गया था। ऐसा मालूम पड़ रहा था कि इसमें कुछ चित्र उभर रहे हों। शुरू-शुरू में तो वे गड्ड-मड्ड थे, पर क्रमशः स्पष्ट होते चले गए। इसमें किसी विदेशी चर्च का भीतरी हिस्सा नजर आ रहा था। इसके खंभे सीधे, ऊँचे और मेहराबें कलात्मक थीं। इन्हें देखकर लगता था कि यह प्रोटेस्टेंट चर्च था और वहीं पास ही एक पादरी हाथों में बाइबल लेकर खड़ा था। उन्हीं के पीछे एक क्लर्क किसी आदेश की पूर्ति के लिए भी मौजूद था।

थोड़ी दूर पर यानी इमारत के बीच में एक बड़ी पार्टी के रूप में बहुत से लोग एकत्रित थे, मानो किसी के वैवाहिक समारोह में जुटे हों। उन्हीं के बीच एक भद्र पुरुष और एक महिला हाथों-में-हाथ डाले चलते हुए आए। दुलहन को देखकर लग रहा था कि वह सोलह साल से अधिक की नहीं रही होगी, पर वह बहुत खूबसूरत थी। वहीं दूल्हे की पीठ सामने की तरफ थी कि तभी वह पीछे की तरफ मुड़ा और उसका चेहरा देखकर दोनों बहनें भौचक्की रह गईं। दूल्हे के रूप में उनके सामने

फिलिप फॉरेस्टर खड़ा था और उसकी पत्नी के मुँह से हठात् स्वर निकल पड़ा 'अरे' और आवाज निकलते ही सारा दृश्य हिल गया और अलग-अलग मालूम पड़ने लगा।

लेडी बोथवेल ने कहा, "मैं इसकी तुलना नहीं कर सकती हूँ, पर इसका गायब होना बिल्कुल वैसा ही है, जैसे कि किसी तालाब के शांत जल में अचानक कोई पत्थर डाल दिया जाए और तभी उसके प्रतिबिंब बिखर जाएँगे," उस चिकित्सक ने दोनों महिलाओं के हाथों को थोड़ा कसकर दबाया जैसे कि वह उन्हें उनका वादा और इसके खतरे की याद दिला रहा हो। लेडी फॉरेस्टर की आवाज उनके मुँह में ही रह गई और शीशे में हिलते हुए चित्र पुनः अपनी वापस स्थिति में आने लगे।

लेडी बोथवेल ने कहा, "मैं इसकी तुलना नहीं कर सकती हूँ, पर इसका गायब होना बिल्कुल वैसा ही है, जैसे कि किसी तालाब के शांत जल में अचानक कोई पत्थर डाल दिया जाए और तभी उसके प्रतिबिंब बिखर जाएँगे," उस चिकित्सक ने दोनों महिलाओं के हाथों को थोड़ा कसकर दबाया जैसे कि वह उन्हें उनका वादा और इसके खतरे की याद दिला रहा हो।

सर फिलिप फॉरेस्टर की आकृति और आकार पूरी तरह से स्पष्ट था और वह पादरी की तरफ उस खूबसूरत लड़की के साथ बढ़ रहा था। इसी बीच जैसे ही वह पादरी वैवाहिक कार्यक्रम की शुरुआत करने जा रहा था कि तभी दो या तीन अधिकारी स्तर के लोगों का चर्च में प्रवेश हुआ। वे तेजी से वैवाहिक समारोह की तरफ बढ़े कि तभी उनमें से एक ने अपनी तलवार निकाली और उसे देखते ही दूल्हे ने भी अपनी म्यान से तलवार बाहर कर ली थी। वहाँ मौजूद दोनों को तलवारें निकालते देखकर पादरी को कुछ भ्रम हुआ और वह उन्हें शांत कराने

की कोशिश करने लगा, मगर तभी दोनों तरफ के समूहों ने अपनी-अपनी तलवारें भाँजनी शुरू कर दीं। इतने में आईने में उभरी आकृतियाँ धुँधली पड़ने लगीं। शायद उसकी समय-सीमा समाप्त होने लगी थी और अब उस पर चमकती रोशनी नजर आ रही थी।

डॉक्टर ने उन दोनों महिलाओं को सहारा देकर उस कमरे से बाहर का रास्ता दिखाया, जहाँ उनके आने से पहले शराब, इत्र और अन्य सामग्रियाँ पड़ी थीं। उसने दोनों को पास की कुरसियों पर बैठाया, जहाँ वे एक-दूसरे की तरफ देखते हुए चुपचाप बैठ गईं।

"जो कुछ हमने देखा, क्या वह अभी हो रहा है?" लेडी बोथवेल ने हिम्मत करते हुए पूछा।

"वह सब? मैं यह नहीं कह सकता कि वह सब अभी हो रहा है या थोड़ी देर पहले हो चुका है," दमियखेती ने जवाब दिया।

लेडी बोथवेल ने अपनी बहन को घर वापस ले जाने में आनेवाली परेशानी की बेचैनी दिखाई कि तभी डॉक्टर बोला, "मैंने इसका इंतजाम कर दिया है और आपके नौकर को बुला भी लिया है। आप अपनी बहन के लिए परेशान न हों। उन्हें यह खुराक खिला दीजिएगा और सुबह तक ये ठीक हो जाएँगी।"

"मैं अब तुमसे मिलनेवाली कोई भी चीज इसे नहीं दूँगी। मैं तुम्हारी कला पहले ही देख चुकी हूँ। तुम अपने जादू-टोने के चक्कर में हमें काफी जहर दे चुके हो।" लेडी बोथवेल बोलीं, "मगर हम उन लोगों में से हैं, जो अपनी गलतियों को सुधारने के लिए दूसरों का सहारा नहीं लेते हैं।"

"आपने कोई गलती नहीं की है, मैडम! आखिरकार आपको जो कष्ट भोगना है, उसे आपने थोड़ा पहले जान लिया। मैं आपके नौकर के पैरों की आवाज दरवाजे पर सुन रहा हूँ और जो कुछ भी आपने देखा है, उसके बचे भाग की खबर आपको कॉन्टीनेंट से आनेवाली डाक से लग

जाएगी, पर मेरा आपको मशविरा है कि उस खबर को अपनी बहन को एकाएक मत दे दीजिएगा।" डॉक्टर ने कहा और फिर उन्हें 'शुभ रात्रि' बोला।

लेडी बोथवेल नौकर की सहायता से अपनी बहन को लेकर थोड़ी तकलीफ के साथ घर पहुँच गईं, जहाँ उनकी बहन को चिकित्सा सहायता की जरूरत थी। उनके पारिवारिक चिकित्सक ने उनकी नब्ज देखी और कहा, "इन्हें एक तगड़ा दिमागी सदमा लगा है। क्या मैं इसकी वजह जान सकता हूँ?"

लेडी बोथवेल ने सहमति से सिर हिलाया और कहा कि वे दोनों ओझा के पास गई थीं और वहीं से लेडी फॉरेस्टर को अपने पति की बुरी खबर का पता चला है।

लेडी बोथवेल नौकर की सहायता से अपनी बहन को लेकर थोड़ी तकलीफ के साथ घर पहुँच गईं, जहाँ उनकी बहन को चिकित्सा सहायता की जरूरत थी। उनके पारिवारिक चिकित्सक ने उनकी नब्ज देखी और कहा, "इन्हें एक तगड़ा दिमागी सदमा लगा है। क्या मैं इसकी वजह जान सकता हूँ?" लेडी बोथवेल ने सहमति से सिर हिलाया और कहा कि वे दोनों ओझा के पास गई थीं और वहीं से लेडी फॉरेस्टर को अपने पति की बुरी खबर का पता चला है।

"यह उसी बदमाश ओझा का काम है। वह एडिनबर्ग में कहाँ रहता है? यह नर्वस ब्रेकडाउन का सातवाँ मरीज है और सभी की वजह भय है।" चिकित्सक बोला, "मैं उस इटली के निवासी के बारे में और भी जानना चाहता हूँ।"

लेडी बोथवेल ने कहा, "डॉक्टर, मैंने जो जाना, वह वाकई गुप्त रखने लायक है और हो सकता है कि वह आदमी धोखेबाज हो या हम ही बेवकूफ हों, जोकि उससे मशविरा लेने उसके पास पहुँचे, पर हमें

उसकी राय के प्रति ईमानदार रहना चाहिए।"

डॉक्टर ने फीस लेकर अपना हैट उठाते हुए कहा, "इस बेचारी को बहुत तनाव है और इसकी वजह अंधविश्वास वाला भय है, पर इसे आराम की जरूरत है।" इतने में उनके पास अर्ल ऑफ स्टेयर से एक दुःखद समाचार पहुँचा, जिसके अनुसार सर फिलिप फॉरेस्टर और उनकी पत्नी के भाई कैप्टन फॉल्केनर के बीच द्वंद्वयुद्ध हुआ, जिसमें कैप्टन फॉल्केनर की मृत्यु हो गई। इस द्वंद्व की वजह और भी तकलीफदेह थी। सर फिलिप ने अपने एक साथी के साथ जुए में काफी धन हारने के कारण सेना को अचानक ही छोड़ दिया था। उसने अपना नाम भी बदल लिया और राट्रेंडम रहने चला गया, जहाँ उसने खुद को एक धनी व्यक्ति बताते हुए वहाँ के मेयर की एकलौती खूबसूरत बेटी को फाँस लिया, जोकि अपने धनी पिता की अकेली वारिस भी थी। लड़की का पिता अपने दामाद के रूप में एक धनी व्यक्ति और ब्रिटेन के लोगों में एक बेहतर चरित्र का भाव मानने के कारण अति प्रसन्न था और इसी खुशी में उसने किसी तरह की जानकारी भी नहीं ली। फलस्वरूप वहीं के एक प्रमुख चर्च में उनकी शादी की तैयारी भी हो गई। यह शादी होने ही वाली थी कि तभी इसमें एक बाधा उत्पन्न हो गई।

कैप्टन फॉल्केनर अपनी एक सैन्य टुकड़ी के साथ राट्रेंडम में ही नियुक्त था। उसी टुकड़ी में उसका एक सहयोगी, जोकि वहीं का रहनेवाला भी था, बताया कि वहीं के एक प्रमुख चर्च में वहाँ के मेयर की लड़की की शादी उसके देशवासी से होनेवाली है। कैप्टन फॉल्केनर अपने कुछ डच सहयोगियों के साथ विवाह देखने चर्च पहुँच गया, जहाँ उसे अपने शादीशुदा बहनोई को दूल्हे के रूप में देखकर आश्चर्य हुआ, जोकि धोखे से एक खूबसूरत लड़की से विवाह करने जा रहा था। उसने चर्च में ही फिलिप की धोखेबाजी की बात बताई और वह विवाह रुक

गया। सर फिलिप फॉरेस्टर ने कैप्टन फॉल्केनर को द्वंद्वयुद्ध के लिए चुनौती दी, जिसे उसने स्वीकार भी कर लिया और इसमें उसे घातक चोट भी लग गई। यह वह रहस्यमय दृश्य था, जिसे देखकर लेडी फॉरेस्टर को सदमा लगा और वह बीमार हो गई।

"क्या वह दुःखद घटना उसी समय घटित हुई होगी, जब उस आईने में उसे दिखाया गया होगा?" मैंने पूछा।

"इसे कहना मुश्किल है, पर यह सच है कि इस प्रदर्शन से कुछ दिन पहले ही हुई होगी।" आंटी ने जवाब दिया।

"इसलिए इसकी भी संभावना है कि इस घटना के तुरंत बाद ही उस कलाकार के पास तेजी से सूचना पहुँची होगी।" मैंने कहा।

"ऐसा सोचना अविश्वसनीय है," आंटी ने जवाब दिया।

"आखिरकार उस आदमी ने यह कला कैसे दिखाई होगी?" मैंने पूछा।

"ओह हाँ, पर वह अपना दुःखद भविष्य नहीं जान सका।"
मैंने पूछा, "और सर फिलिप फॉरेस्टर क्या हमेशा के लिए गायब हो गया था?"
"नहीं," मेरी आंटी ने जवाब में कहा, "उसके बारे में एक बार पता चला था। हम स्कॉटलैंड के लोगों के बारे में कहा जाता है कि हम मुश्किल से ही माफ करते हैं और चोटों को कभी भूलते नहीं हैं।

"ओह हाँ, पर वह अपना दुःखद भविष्य नहीं जान सका।"

मैंने पूछा, "और सर फिलिप फॉरेस्टर क्या हमेशा के लिए गायब हो गया था?"

"नहीं," मेरी आंटी ने जवाब में कहा, "उसके बारे में एक बार पता चला था। हम स्कॉटलैंड के लोगों के बारे में कहा जाता है कि हम मुश्किल से ही माफ करते हैं और चोटों को कभी भूलते नहीं

हैं। हम अपने विद्धेष की मूर्ति बनाकर रखते हैं और वही उस बेचारी औरत ने भी अपने दु:ख के साथ किया। बर्न के अनुसार, अपने क्रोध को गरम रखने के लिए वह इसकी देखभाल करती रही।" लेडी बोथवेल भी इस भावना से अलग नहीं थी। उनके मन में अपनी बहन और भाई दोनों के लिए पीड़ा थी, मगर कई सालों तक इस बारे कोई खबर नहीं आई थी।

कुछ समय के बाद एडिनबर्ग में हुए एक समारोह में कुछ लोग एकत्र हुए थे, जिसमें लेडी बोथवेल भी मौजूद थीं। वे उस समारोह की संरक्षिका के साथ कुरसी पर बैठी थीं कि तभी वहाँ का एक कर्मचारी उनके पास पहुँचा और बोला कि एक आदमी उनसे अकेले में मिलना चाहता है।

"अकेले में? और एक सभाकक्ष में? क्या वह पागल है? उससे कहा कि वह कल सुबह मिले।"

"मैंने उससे यही कहा था, पर उसने कहा कि यह कागज मैं आपको दे दूँ।"

उन्होंने उस बंद लिफाफे को खोला, जिसमें एक कागज पर लिखा था, जिंदगी और मौत का सवाल है। उसकी लिखावट देखकर उन्हें लगा कि इसे उन्होंने पहले कभी नहीं देखा था। अचानक उन्हें लगा कि इसका संबंध उनके किसी राजनीतिक सहयोगी की सुरक्षा से भी हो सकता है। वे चुपचाप संदेशवाहक के पीछे उस कक्ष की तरफ चल पड़ीं, जहाँ लंच बनाए जाने की तैयारी चल रही थी। उन्होंने देखा कि थोड़ी दूर पर एक बूढ़ा आदमी खड़ा है। उसकी स्थिति दयनीय है और कपड़े भी फटे-पुराने हैं। लेडी बोथवेल ने अपना पर्स निकालकर उसे कुछ देकर छुटकारा पाने के बारे में सोचा ही था कि वह बोला, "मैं लेडी बोथवेल से मिलना चाहता हूँ?"

"मैं ही लेडी बोथवेल हूँ और इस समय मेरे पास लंबी बातों के लिए समय नहीं है।"

"योर लीडरशिप, आपकी एक बहन थी," बूढ़े ने कहा।

"हाँ, थी और मैं उसे जान से भी अधिक प्यार करती थी।"

"और एक भाई भी था?"

"हाँ, वह साहसी और बहादुर आदमी था," लेडी बोथवेल ने जवाब दिया।

"वे दोनों ही एक अभागे आदमी की गलती की वजह से अब इस दुनिया में नहीं हैं?" उस अपरिचित ने पूछा।

लेडी बोथवेल बोलीं, "वे एक हत्यारे के अपराध की वजह से इस दुनिया में नहीं हैं।"

"मुझे मेरी बात का जवाब मिल गया," उस बूढ़े ने उत्तर दिया।

"रुको! कौन हो तुम? आज यहाँ इस जगह तुम उस भयानक बात को क्यों याद दिला रहे हो? मैं तुम्हें जानना चाहती हूँ!" लेडी बोथवेल ने आदेशात्मक लहजे में कहा।

"मेरा आपको तकलीफ देने का इरादा नहीं है, पर ईसाई धर्म के अनुसार स्वर्ग और नरक की भावना को लेकर मैं आपसे पूछना चाहता था।"

"रुको! कौन हो तुम? आज यहाँ इस जगह तुम उस भयानक बात को क्यों याद दिला रहे हो? मैं तुम्हें जानना चाहती हूँ!" लेडी बोथवेल ने आदेशात्मक लहजे में कहा।

"मेरा आपको तकलीफ देने का इरादा नहीं है, पर ईसाई धर्म के अनुसार स्वर्ग और नरक की भावना को लेकर मैं आपसे पूछना चाहता था।"

"बोलिए सर, आपका क्या मतलब है?" लेडी बोथवेल ने पूछा।

"जिस दुष्ट ने आपको इतनी गहरी चोट दी है, वह आज मृत्यु-शय्या पर पड़ा है। उसके जीवन में दुःख और पीड़ा के सिवा कुछ भी नहीं है। फिर भी वह बिना आपकी माफी के मर नहीं पा रहा है।

उसका जीवन नरक बन चुका है और उसकी आत्मा पर आपके शाप का बोझ है।"

"उससे कहा कि उन लोगों से माफी माँगे, जिनके साथ उसने बहुत बुरा किया है। मेरी माफी से क्या होगा?" लेडी बोथवेल ने कहा।

"लेडी बोथवेल, याद रखिए कि आपको भी एक दिन मृत्यु-शय्या पर जाना पड़ेगा; आपकी आत्मा एवं सभी मानवों की आत्मा को फैसले के दिन का सामना करना है—आपके मन में विचार आएगा कि मैंने जब माफी दी ही नहीं, तब मैं माँगूँगी कैसे?"

"देखो! तुम जो भी हो, मुझसे इतना निष्ठुर होने के लिए मत कहो। यह एक तरह की ईशनिंदा के नाटक की तरह ही होगा, जिसमें मेरे होंठ जो कहेंगे, वह मेरे दिल की हर धड़कन के खिलाफ होगा।" लेडी बोथवेल ने जवाब दिया।

बूढ़े आदमी ने अपने हाथों को ऊपर करते हुए कहा, "ईश्वर महान् है। अच्छा, अलविदा दंभी और क्षमा न करनेवाली औरत! धार्मिक निष्ठा की पीड़ा में मृत्यु की चाहत रखनेवाले आनंद प्राप्त करो, पर माफी माँगकर स्वर्ग का मजाक मत उड़ाओ, क्योंकि वह तुम्हें मिलने से मना हो गई है।"

इतना कहते हुए वह व्यक्ति मुड़ गया।

"रुको!" वह चिल्लाई, "मैं उसे माफ करने की कोशिश करूँगी।"

"हे महान् औरत!" बूढ़े ने कहा, "तुम उस पापी की आत्मा के बोझ को कम कर दोगी। मैं जानता हूँ, इससे उसके नारकीय जीवन को मुक्ति मिलेगी।"

"हैं!" बोथवेल के चेहरे पर अचानक चमक आई, "अच्छा तो तुम्हीं वह दुष्ट हो।" और फिर उसने सर फिलिप फॉरेस्टर को कॉलर से पकड़ लिया और जोर से चीखी, "खूनी! खूनी, खूनी को पकड़ा।"

जोर से चीखने की आवाज ने वहाँ सभी को चौंका दिया, पर सर

फिलिप फॉरेस्टर ने लेडी बोथवेल को धक्का देते हुए स्वयं को छुड़ा लिया और बाहर की तरफ भागा। सामने की तरफ से आते लोगों को देखकर वह पास की सीढ़ियों पर चढ़ा और बाहर सड़क पर अँधेरे की तरफ भागा। वहाँ मौजूद लोगों में से कुछ ने थोड़ी दूर तक उसका पीछा किया, पर वह न जाने कहाँ अँधेरे में गुम हो गया। वाकई सर फिलिप चाहता था कि वह अपने इस नाटकीय ढंग से दुबारा अपने देश में सुरक्षित रूप से आ सके और अपने परिवार, जिसे उसने चोट पहुँचाई थी, उनके क्रोध से भी बच सके, किंतु उसकी इच्छा के विरुद्ध उसे वापस जाना पड़ा और वहीं देश से बाहर कहीं उसकी मौत भी हो गई।

इस प्रकार उस रहस्यमयी आईने की कहानी भी खतम होती है।

□

7

घुमक्कड़ विली की कहानी

सर रॉबर्ट रेडगांटलेट का नाम लोगों ने काफी पहले से ही सुन रखा था, क्योंकि बहुत सालों पहले वह यहीं रहा करता था। वैसे जब कभी उसके नाम का जिक्र आता, तब हमारे बुजुर्ग एक गहरी साँस लेते थे।

सर रॉबर्ट से दूर-दूर तक लोग डरते और घृणा भी करते थे। लोगों को लगता था कि उसका सीधा संबंध शैतान से था और इसकी एक वजह यह भी थी कि उसके मोटे कोट से बंदूक की गोलियाँ ठीक वैसे ही टकराकर बेकार हो जाती थीं, जैसे ओलों की बौछार। हालाँकि वह अपने लोगों के लिए एक बुरा मालिक नहीं था और उसके किराएदार उसे पसंद भी करते थे।

यहीं वह भी रहा करता था और लोग इस जगह को प्रीमोर्स के नाम से जानते थे। वैसे यह देश की बाकी जगहों से बेहतर और साफ-सुथरी थी, पर अब यह बिल्कुल वीरान पड़ी थी। यहाँ मेरे दादा स्टेनी स्टेनशन अपनी युवावस्था में रहा करते थे। वे पाइपबैंड भी बहुत अच्छा बजा लेते थे।

स्टेनी को उनका मालिक बहुत पसंद करता था और मौज-मस्ती के समय उन्हें पाइप बजाने के लिए बुला लिया करता था। सर रॉबर्ट का

खानसामा डागल मैक्लन भी उनकी पाइप की धुनों का मुरीद था और मेरे दादा की प्रशंसा भी करता था।

उन्हीं दिनों आई क्रांति के दौरान डागल और उसके मालिक, दोनों का ही दिल टूट गया था, पर वे जितना डरे हुए थे, उतना बदलाव नहीं आया। सर रॉबर्ट रेडगांटलेट की मजबूत कद-काठी को देखते हुए कोई भी उसे नाराज करने का साहस नहीं करता था और गुस्से में तो लगता था कि उसमें कोई शैतान आ गया हो।

उन्हीं दिनों आई क्रांति के दौरान डागल और उसके मालिक, दोनों का ही दिल टूट गया था, पर वे जितना डरे हुए थे, उतना बदलाव नहीं आया। सर रॉबर्ट रेडगांटलेट की मजबूत कद-काठी को देखते हुए कोई भी उसे नाराज करने का साहस नहीं करता था और गुस्से में तो लगता था कि उसमें कोई शैतान आ गया हो।

हालाँकि मेरे दादा वहाँ के मैनेजर नहीं थे और उन पर दो बार का लगान भी बकाया था। इसके साथ ही इस किले में रहनेवाले सर रॉबर्ट के बारे में उन्हें पता था कि वह गठिया से पीड़ित था और इसीलिए बारह बजे से पहले कमरे से नहीं निकलता था। डागल मेरे दादा यानी स्टेनी को वहाँ आया देखकर खुश हो गया, पर वह अच्छा आदमी नहीं था। स्टेनी जब कमरे में पहुँचा, तब वहाँ रॉबर्ट के अलावा डागल और मेजर भी मौजूद थे। सर रॉबर्ट मखमली गाउन पहने एक बड़ी आराम कुरसी पर बैठे थे और उनके पैर सामने नीचे की तरफ लटक रहे थे तथा उनके चेहरे पर एक कठोरता थी। उनके सामने मेजर खड़ा था और उसके लाल कोट की बेल्ट से बँधी पिस्टल नजर आ रही थी। वहीं सामने की मेज पर लगान की लेखा-बही भी रखी थी, जिसके काले चमड़े के कवर पर चमकते पीतल की किनारी लगी थी। सर रॉबर्ट ने मेरे दादा की तरफ

देखा और कहा कि तुम्हारी भौंहें देखकर लगता है कि यहाँ घोड़े की टाप ने अपनी मुहर लगा दी हो।

मेरे दादा ने किराए की रकम का थैला मेज पर रख दिया। जमींदार ने जल्दी से थैले को अपनी तरफ खींचा और पूछा, "इसमें रकम पूरी है, स्टेनी?"

"आप इसे देख सकते हैं।" मेरे दादा ने जवाब दिया।

"डागल, स्टेनी को नीचे से एक बोतल ब्रांडी दे दो, तब तक मैं इस रकम को गिन लूँ और इसकी रसीद भी बना दूँ।" मगर जब वे लोग कमरे में नहीं थे।

तभी सर रॉबर्ट के तेजी से डकारने की आवाज आई और डागल वापस कमरे की तरफ भागा। वहाँ सर रॉबर्ट अपना गला पकड़कर जोर-जोर से चिल्लाते हुए ठंडा पानी माँग रहे थे। ऐसा मालूम पड़ रहा था कि उनके मुँह और गले में भयानक जलन हो रही थी। मेरे दादा को समझ में नहीं आ रहा था कि वे वहाँ रुकें या भागें, क्योंकि वहाँ एक अफरातफरी मची हुई थी। सर रॉबर्ट ने पानी का गिलास डागल की तरफ उछाल दिया और मेजर की तरफ देखा। उनका सिर एक तरफ लटक गया था। स्टेनी सीढ़ियों से नीचे की तरफ भागा। वह अपनी रकम और उसकी रसीद के बारे में बिल्कुल ही भूल गया था कि तभी पता चला कि सर रॉबर्ट की मौत हो चुकी है।

मेरे दादा ने मुँह में उँगली डालते हुए यह सोचा कि डागल से उन्हें किराए की रकम का थैला देते हुए देखा था और जमींदार से रसीद बनाने की बात भी सुनी थी। वैसे इस समय एडिनबर्ग से सर रॉबर्ट का बेटा युवा जमींदार सर जॉन आया हुआ था और यहाँ अपने अधिकार की सभी जानकारियाँ चाहता था। सर जॉन और उसके पिता लालची नहीं थे। सर जॉन पहले वकील था और फिर स्कॉटलैंड की संसद् में भी बैठता था।

डागल मैक्लम, जोकि बहुत बड़े आकार वाला न होकर दुबला-

पतला ही था और उसी ने सर रॉबर्ट के अंतिम क्रियाकर्म के निर्देश भी दिए थे। अंतिम क्रियाकर्म के कुछ ही दिनों के बाद डागल ने हैशियन को अपने कमरे में बुलाया और उसकी तरफ ब्रांडी का गिलास बढ़ाते हुए कहा कि अब वह इस दुनिया में अधिक दिनों तक नहीं रहेगा, क्योंकि सर रॉबर्ट की मौत के बाद से उनके कमरे से मुझे उनके पुकारने की वैसी ही आवाज सुनाई देती है, जैसी कि वे अपनी करवट बदलवाने के लिए पुकारते थे। डागल ने यह भी बताया कि उनकी उन आवाजों का जवाब देने की हिम्मत नहीं होती थी। डागल ने हैशियन को अपने साथ ही रुकने के लिए भी कहा और उसी दिन आधी रात के वक्त जब किले में कब्रगाह जैसी शांति छाई थी कि तभी एक सीटी की आवाज गूँजी, मानो सर रॉबर्ट पहले की ही भाँति पुकारने के लिए बजा रहे हैं। हैशियन ने हड़बड़ाकर कमरे में चारों तरफ देखा और उसे आश्चर्य हुआ कि वह सर रॉबर्ट के काफिन पर लेटा हुआ था, फिर न जाने कितनी देर तक वैसे ही पड़ा रहा। थोड़ी देर में अपने को संयत करते हुए उसने जब आवाज लगाई, तब देखा कि सीढ़ियों पर डागल मरा पड़ा था।

डागल ने यह भी बताया कि उनकी उन आवाजों का जवाब देने की हिम्मत नहीं होती थी। डागल ने हैशियन को अपने साथ ही रुकने के लिए भी कहा और उसी दिन आधी रात के वक्त जब किले में कब्रगाह जैसी शांति छाई थी कि तभी एक सीटी की आवाज गूँजी, मानो सर रॉबर्ट पहले की ही भाँति पुकारने के लिए बजा रहे हैं।

अपनी यही कहानी सुनाने के लिए स्टेनी किले की तरफ घोड़े से भागा, जहाँ सर जॉन अपने पिता की कुरसी पर बैठा था और बोला, "मैंने ये सारी बातें पहले से ही सुन रखी हैं; हालाँकि मैं उस समय पैदा नहीं हुआ था।"

"स्टीफन," सर जॉन ने कहा, जिसका स्वर अभी तक मुलायम था, "तुम्हारा पिछले साल का लगान बाकी है।"

"योर ऑनर, मैंने इसे आपके पिता को चुका दिया था।" स्टेनी ने जवाब दिया।

"तुम्हारे पास इसकी रसीद होगी?" सर जॉन ने पूछा।

"नहीं सर! दुर्भाग्य से उसी समय सर रॉबर्ट का देहांत हो गया था।"

"ठीक है, मगर तुमने रकम किसी के सामने दी होगी, कोई गवाह तो होगा?" सर जॉन ने पूछा।

"बहुत दुर्भाग्य है सर कि जिसने वह रकम पाई, उसकी मृत्यु हो गई और जो गवाह था, वह भी मर चुका है तथा उस रकम को भी किसी ने नहीं देखा, तब मैं इस पर कैसे यकीन कर सकता हूँ?"

स्टीफन, "ईश्वर जानता है कि वह रकम उधार ली गई थी।"

सर जॉन, "मुझे इस पर संदेह नहीं है कि वह रकम उधार ली गई थी, पर वह मेरे पिता को चुकाई गई, इसका मुझे सबूत चाहिए।"

"मैं एक ईमानदार आदमी हूँ," स्टीफेन ने कहा।

"उसी तरह मैं भी हूँ," सर जॉन ने जवाब दिया।

मेरे दादा ने कहा कि क्या आप समझते हैं कि रकम मेरे पास है और उन्हें हर स्थिति अपने खिलाफ नजर आ रही थी।

"तब क्या तुम मेरे आदमियों पर इसका इलजाम लगा रहे हो? मुझे इसका सबूत चाहिए, चाहे तुम कहीं से भी लाओ।"

"तब तो वह नरक में ही आपके पिता के पास होगी और वहीं मिलेगी," मेरे दादा ने कहा और सीढ़ियों के नीचे वैसे ही भागे, जैसे रॉबर्ट के मरने पर भागे थे।

अंततोगत्वा मेरे दादा पिटमर्की के जंगल से होकर घोड़े पर अपने घर की तरफ तेजी से जा रहे थे। रात भी हो चुकी थी। पेड़ों के पास और

भी घना अँधेरा था कि तभी अचानक उन्हें महसूस हुआ कि उनके बगल में कोई और घुड़सवार चल रहा है। उस घुड़सवार ने घोड़े की गरदन पर हाथ रखते हुए उसकी प्रशंसा की और कहा कि आदमी का साहस धन की तरह होता है।

अजनबी घुड़सवार को देखकर थोड़ा चिढ़ते हुए मेरे दादा स्टेनी स्टेनशन ने गुस्से में पूछा कि क्या तुम डाकू हो? किंतु मेरे पास कुछ भी नहीं है। अगर तुम साथ चाहते हो, तब मेरा मन बातें करने का नहीं है।

"दोस्त, अगर तुम मुझे अपनी तकलीफ बताओ, तब मैं तुम्हारी कुछ सहायता कर सकता हूँ," अजनबी घुड़सवार बोला।

इस पर मेरे दादा ने सहायता की उम्मीद से उसे अपनी पूरी कहानी शुरू से आखिर तक सुना दी।

"वैसे यह काफी तकलीफदेह है, पर मुझे लगता है कि मैं तुम्हारी सहायता कर सकता हूँ," घुड़सवार बोला।

अजनबी घुड़सवार को देखकर थोड़ा चिढ़ते हुए मेरे दादा स्टेनी स्टेनशन ने गुस्से में पूछा कि क्या तुम डाकू हो? किंतु मेरे पास कुछ भी नहीं है। अगर तुम साथ चाहते हो, तब मेरा मन बातें करने का नहीं है। "दोस्त, अगर तुम मुझे अपनी तकलीफ बताओ, तब मैं तुम्हारी कुछ सहायता कर सकता हूँ," अजनबी घुड़सवार बोला।

"यदि आप मुझे उधार दे सकते हैं, पर इसे लौटाने में काफी समय लगेगा; मगर इस धरती पर इसके अलावा मेरी और कोई सहायता नहीं हो सकती," मेरे दादा ने कहा।

"मगर धरती के नीचे से भी सहायता हो सकती है," अजनबी ने जवाब दिया।

"आओ, मैं तुम्हें शर्तों पर रकम दे सकता हूँ, पर तुम्हें शायद मेरी

शर्तें अनैतिक लगें। अब मैं तुम्हें बताता हूँ कि तुम्हारा पुराना जमींदार तुम्हारे शापों और तुम्हारे परिवार के विलाप से अपनी कब्र में बहुत बेचैन है। यदि तुम उससे मिलने का साहस करो, तब वह तुम्हें तुम्हारी रसीद दे सकता है।"

यह प्रस्ताव सुनकर मेरे दादा के सिर के बाल खड़े हो गए, पर उन्होंने सोचा कि या तो वह आदमी मजाक कर रहा है या फिर रकम उधार देने से पहले उसे डरा रहा है, फिर भी उन्होंने कहा कि वे उस रसीद के लिए नरक के दरवाजे से एक कदम आगे जाने के लिए भी तैयार हैं। अजनबी हँस दिया।

वे दोनों अब और भी घने जंगल से होकर गुजरे कि तभी उनका घोड़ा एक बड़े फाटक के सामने रुक गया। मेरे दादा को लगा कि महल तो दस मील दूर था, पर वह महल रेडगांटलेट के किले जैसा ही लग रहा था। वे किले के बाहरी दालान में पहुँचे। वहाँ चारों तरफ रोशनी थी और वहाँ की स्थिति बिल्कुल रॉबर्ट के किले की तरह ही थी। मेरे दादा ने घोड़े को वहीं एक छल्ले से बाँध दिया।

"वाह! क्या सर रॉबर्ट की मौत एक सपना थी?" मेरे दादा नहीं, मन बुदबुदाया।

अजनबी घुड़सवार ने सामने के फाटक को थपथपाया और फिर जोर से 'डागल मैक्लम' पुकारा—इस पर तुरंत ही दरवाजा खुला और भीतर से आवाज आई, "बैंड बजानेवाले स्टेनी, तुम आ गए, देखो सर रॉबर्ट तुम्हारे लिए रो रहे हैं।"

मेरे दादा को लगा कि वे सपना देख रहे हों। उन्होंने मुड़कर उस अजनबी की तरफ देखा, जोकि अब तक जा भी चुका था। आखिरकार उन्होंने डागल से पूछा, "क्या तुम जिंदा हो? मैं सोचता था कि तुम मर चुके हो।"

"मुझे अपने साथ मत जोड़ो, सिर्फ अपने को देखो और यहाँ कुछ

भी खाना-पीना नहीं है, तुम्हारा उद्देश्य सिर्फ तुम्हारी रसीद है।" डागल बोला। इतना कहते हुए वह उन्हें लेकर एक बड़े दालान से गुजरा, जहाँ ईशनिंदा और छल-कपट की बातें उसी तरह से सुनाई पड़ रही थीं, जैसे रेडगांटलेट के किले में होती थीं।

उस समय मेरे दादा रेडगांटलेट के उसी हॉल में थे, जहाँ कभी वह पाइप बजाया करते थे। वहाँ सर रॉबर्ट के साथ काम करनेवाले अधिकतर लोग भी मौजूद थे। स्टेनी उन लोगों से थोड़ा अलग हटकर चुपचाप बैठ गया और उन नाचते-गाते लोगों को देखने लगा, मगर उन लोगों की मुसकराहट बार-बार कुटिल हो जाया करती थी और उनके हँसने की भयानक आवाज स्टेनी की रीढ़ की हड्डी में सिहरन पैदा कर रही थी।

सर रॉबर्ट रेडगांटलेट इसी शोरगुल के माहौल में बीच में कुरसी पर बैठा था। उसके पैर सामने की तरफ फैले हुए थे और कमर में पिस्टल लटक रही थी। वहीं सामने मेज पर चौड़ी धारदार तलवार भी पड़ी थी। तभी मेरे दादा ने उसकी गरजदार आवाज सुनी कि मेजर अभी तक नहीं आया है क्या? और जब मेरे दादा उसके सामने आए, तब उसने पूछा, "तुमने मेरे बेटे से अपनी जमीन का पुराने साल के लगान का हिसाब कर लिया है न?"

सर रॉबर्ट रेडगांटलेट इसी शोरगुल के माहौल में बीच में कुरसी पर बैठा था। उसके पैर सामने की तरफ फैले हुए थे और कमर में पिस्टल लटक रही थी। वहीं सामने मेज पर चौड़ी धारदार तलवार भी पड़ी थी। तभी मेरे दादा ने उसकी गरजदार आवाज सुनी कि मेजर अभी तक नहीं आया है क्या?

घबराहट भरे स्वर में उन्होंने कहा, "सर जॉन बिना आपकी रसीद के हिसाब मानने के लिए तैयार नहीं हैं।"

"वह तो तुम्हें पाइप की एक धुन बजाने के बाद ही मिल जाएगी।

चलो बजाओ।" सर जॉन ने कहा।

सर रॉबर्ट ने जिस धुन को बजाने के लिए स्टेनी से कहा था, वह उसने शैतान की पूजा में रेडगांटलेट के किले में इस्तेमाल होने पर सीखी थी, पर उसे यह धुन पसंद नहीं थी। उसने जवाब में कहा, "मेरे पास पाइप नहीं है।"

"मैक्लम! स्टेनी के लिए एक पाइप ला दो।" सर रॉबर्ट ने कहा।

मैक्लम ने तुरंत ही पाइप लाकर मेरे दादा को दे दिया। वह पाइप बहुत ही ठंडा था और अपने भय के कारण उसने हवा न फूँक पाने में अपनी असमर्थता को व्यक्त किया।

"स्टेनी, तुम यहाँ खा-पी सकते हो। भूखे आदमी के लिए यह संभव नहीं है।" तभी डागल ने रसीद बुक लाकर उसके हाथों में थमा दी।

मेरे दादा ने इसके लिए बार-बार धन्यवाद दिया और जैसे ही वापस मुड़े कि तभी सर रॉबर्ट की गरजदार आवाज गूँजी, "रुको, रंडी की औलाद! अभी काम खत्म नहीं हुआ है। यहाँ बिना कुछ लिये कुछ नहीं दिया जाता। तुम्हें अगले साल आज ही के दिन अपने इस मालिक का शुक्रिया अदा करने यहाँ आना पड़ेगा।"

मेरे दादा का हलक सूख गया। फिर भी कोशिश करके उसने जोर से कहा, "मैं ईश्वर का शुक्रिया अदा करता हूँ, न कि तुम्हारा।"

इतना कहते ही वहाँ चारों तरफ अँधेरा छा गया और वह जमीन पर एक झटके से गिर पड़ा। ऐसा लगा कि वह थोड़ी देर के लिए बेहोश हो गया हो।

स्टेनी वहाँ कितनी देर पड़ा रहा, उसे खुद भी पता नहीं था, पर जब उसे होश आया, उसने देखा कि वह एक कब्रिस्तान में पड़ा है और वहीं पास में एक कब्र के पत्थर पर घास और ओस ज़मी हुई है। वहीं पास ही उसका घोड़ा घास चर रहा था।

स्टेनी को लगा कि वह एक भयानक सपना देख रहा था, पर

उसके हाथ में वही रसीद थी और इसमें नीचे जमींदार के हस्ताक्षर थे, लेकिन इसके अंतिम अक्षरों को बहुत जोर देकर लिखा गया था, मानो लिखनेवाले को इन्हें लिखनें में बहुत तकलीफ हो रही हो। स्टेनी ने अपने मस्तिष्क पर जोर दिया और फिर तेजी से रेडगांटलेट के महल की तरफ भागा।

"ऐ दीवालिए! क्या तुम मेरा किराया ले आए? "उसे देखते ही पहली आवाज में पूछा गया।

"नहीं! पर मैं सर रॉबर्ट की रसीद ले आया हूँ," मेरे दादा ने जवाब दिया।

"तुमने तो कहा था कि मेरे पास नहीं है और उन्होंने तुम्हें नहीं दी थी?" सर जॉन ने पूछा।

"सर, आप इसे ध्यान से देखिए।"

सर जॉन ने रसीद की हर लाइन को बहुत ध्यान से देखा, मगर इसमें पड़ी तारीख को देखकर वह चौंक गया और बोला, "अरे, इसमें तो कल की तारीख पड़ी है। अरे पाजी, क्या तुम इसे लेने नरक में गए थे?"

सर जॉन ने रसीद की हर लाइन को बहुत ध्यान से देखा, मगर इसमें पड़ी तारीख को देखकर वह चौंक गया और बोला, "अरे, इसमें तो कल की तारीख पड़ी है। अरे पाजी, क्या तुम इसे लेने नरक में गए थे?"

"मैंने इसे आपके पिता से लिया है। मुझे नहीं मालूम कि वे स्वर्ग में हैं या नरक में," स्टेनी ने जवाब में कहा।

सर जॉन एक पल के लिए शांत हो गया और इस पूरी कहानी को सुनने की इच्छा जाहिर की। फिर मेरे दादा ने उसे शुरू से आखिर तक की सारी कहानी शब्द-दर-शब्द सुना दी। सर जॉन फिर एक लंबे समय तक के लिए चुप हो गया और बोला, "स्टेनी, तुम्हारी यह कहानी हमारे अलावा बहुत से शाही परिवारों की भी हो सकती है, परंतु यह तुम्हारे मुँह

से गरम लोहे की तरह महसूस होती है। हालाँकि यह सच्ची भी हो सकती है, पर उस रकम के लिए मैं बिल्ली का पालना कहाँ पाऊँगा? इस पुराने किलेनुमा घर में बहुत सी बिल्लियाँ होंगी।"

"वैसे इस बारे में हैशियन ही बेहतर बता सकता है," मेरे दादा ने कहा।

हैशियन ने सारी कहानी और रकम को बिल्ली के पुराने पालने के पास मिलने की बात सुनकर बताया कि ऐसा पालना पुराने घड़ीघर के पास की सीढ़ी से होकर ऊपर की तरफ जाने पर मिलेगा, जिसे पहले 'बिल्ली का पालना' कहकर पुकारा जाता था।

सर जॉन बोला, "मैं वहाँ तुरंत जाऊँगा" और फिर वहीं पास में पड़ी अपने पिता की पिस्टल को उठाकर वह सीढ़ियों की तरफ बढ़ा।

वैसे ऊपर चढ़ने के लिए यह जगह बहुत खतरनाक थी, फिर भी सर जॉन उस सुरंगनुमा जगह और सीढ़ी से होता हुआ ऊपर पहुँच ही गया। तभी उसे लगा कि ऊपर से कोई चीज उस पर उड़ती हुई निकली तथा उससे बचने के लिए वह तेजी से झुका और वहीं उसे रकम का थैला पड़ा मिला, जिसे देखते ही उसकी आवाज निकली कि अरे, खोई रकम मिल गई। सर जॉन ने मेरे दादा को डायनिंग रूम में बुलाया और उन पर शक करने के लिए उनसे माफी माँगी और कहा, "हालाँकि स्टेनी, यह सब तुम्हारी वजह से ही हुआ, पर तुम इसके लिए मेरे पिता का अहसान मानोगे कि वे एक ईमानदार व्यक्ति थे तथा अपनी मौत के बाद भी तुम्हारे जैसे गरीब आदमी के साथ अन्याय नहीं देख सकते थे। इसलिए मुझे लगता है, तुम इस कहानी को और किसी को नहीं बताओगे और अब मैं इस रहस्यमयी दस्तावेज को आग के हवाले कर देता हूँ।"

"पर यह रसीद ही मेरे पास आपको दिए किराए का सबूत है," मेरे दादा ने कहा।

"मैं तुम्हें अपने हाथों से इससे मुक्त कर दूँगा, पर तुम इस बारे में किसी को कुछ भी नहीं बताओगे।" सर जॉन बोला।

"बहुत-बहुत धन्यवाद, सर! मैं आपके सम्मानित पिता के बारे में कुछ भी नहीं कहूँगा।"

"मेरे पिता को शैतान भी मत पुकारो।" स्टेनी को बीच में रोकता हुआ वह बोला।

मेरे दादा भी उस रसीद को आग के हवाले करने के लिए तैयार हो गए और जैसे ही उसे आग में फेंका गया, एक तेज चिनगारी वाली लपट ऊपर की तरफ उठी और गायब हो गई।

इसके बाद मेरे दादा ने शैतान के सम्मान में अपने पाइप की धुन बजाने से इस वजह से इनकार कर दिया कि कहीं वह इसका फायदा न उठा ले। हालाँकि उन्होंने इस कहानी को यह खयाल रखते हुए सुनाया कि इसके लिए उन्हें रहस्यमयी ताकतों के लिए अभियुक्त भी बनाया जा सकता था।

□

8

भटकते विली की कहानी

मेरी तरह ईमानदार लोग! अरे हाँ, आपको कैसे मालूम होगा कि मैं ईमानदार हूँ या फिर क्या हूँ? कदाचित् मैं स्वयं एक शैतान हो सकता हूँ! हाँ, ठीक वैसा ही शैतान, जिससे आप वाकिफ हैं, उसके पास किसी रोशनी के देवदूत सरीखी तराशी हुई शक्तियाँ हैं। इसके अलावा वह एक प्रधान सारंगीवादक है। आपको पता है कि उसने कोरेली के लिए एक सोनाटा भी बजाया था।

उसके भाषण और जिस तर्ज में वह दिया गया था, में कुछ विचित्र सी बात थी। ऐसा लगता था, मानो मेरे साथी का दिमाग हमेशा स्थिर नहीं रहता या फिर वह मुझे डराने की कोशिश करने का इच्छुक था। हालाँकि मैं उसकी असाधारण भाषा पर खूब हँसा और उत्तर में उससे पूछा कि क्या वह उसे इतना बेवकूफ लगता है कि इस बात पर भरोसा कर ले कि उसका बेईमानी करनेवाला एक दोस्त इतना मूर्खतापूर्ण स्वाँग रचेगा।

"तुम इस बारे में बहुत कम जानते हो, बहुत कम!" अपना सिर, दाढ़ी हिलाते और भौंहों को तानते हुए वह बूढ़ा बोला। "मैं तुम्हें इसके बारे में कुछ बता सकता हूँ," वह बोला।

उसकी पत्नी ने मुझसे उसका परिचय एक कहानीकार और संगीतकार के रूप में करवाया था, अब मेरे पल्ले उसकी बात पड़ने लगी

थी। बता दूँ कि मुझे भी अंधविश्वासों से जुड़ी कहानियाँ बहुत भाती हैं, लिहाजा मैंने उससे गुजारिश की कि रास्ते में साथ-साथ चलते हुए वह अपने कहानीकार होने की प्रतिभा का नमूना पेश करके दिखाए।

"लेकिन मेरी कहानी एकदम सच्ची है," वह अंधा बूढ़ा बोला, "जब मैं बेला की स्ट्रिंग बजाते-बजाते या फिर बैलेंट गाते-गाते थक जाऊँ, तब मैं लोगों को अपनी कहानी सुनाऊँगा। मुझे कुछ ऐसी डरावनी कहानियाँ आती हैं, जिसे सुनकर श्रोतागण थर-थर काँपने लगते हैं और जब वे बिस्तर पर सोने जाते हैं, तो उन्हें तेज-तेज आवाजें सुनाई देने लगती हैं। पर अब मैं तुम्हें जिस कहानी के बारे में बतानेवाला हूँ, वह हमारे ही घर में हमारे पिताजी के समय में घटित हुई थी। यह वह समय था, जब मेरे पिताजी बाँके नौजवान हुआ करते थे। वैसे मैं जो कुछ तुमको बताने जा रहा हूँ, वह तुम्हारे लिए एक सबक भी हो सकता है, क्योंकि तुम एक ऐसे लापरवाह युवा हो, जो इतनी धनराशि लेकर एक सुनसान निर्जन सड़क पर बस यूँ ही बेफिक्री से चले जा रहे हो।"

"लेकिन मेरी कहानी एकदम सच्ची है," वह अंधा बूढ़ा बोला, "जब मैं बेला की स्ट्रिंग बजाते-बजाते या फिर बैलेंट गाते-गाते थक जाऊँ, तब मैं लोगों को अपनी कहानी सुनाऊँगा। मुझे कुछ ऐसी डरावनी कहानियाँ आती हैं, जिसे सुनकर श्रोतागण थर-थर काँपने लगते हैं और जब वे बिस्तर पर सोने जाते हैं, तो उन्हें तेज-तेज आवाजें सुनाई देने लगती हैं।

उसने इसी तर्ज पर अपनी कहानी को आगे बढ़ाया, बूढ़े के कहानी सुनाने का लहजा जरा अलग था। उसने अपने स्वर को पूरे कौशल के साथ कभी उठाया, तो कभी धीमा किया। कभी-कभी तो ऐसा लगता था, मानो वह फुसफुसा रहा हो और अपनी साफ, लेकिन दृष्टिहीन आँखों की

पुतलियों को मेरी तरफ कुछ ऐसे मोड़ता, मानो जो कहानी वह कह रहा है, उसको सुनकर मेरे हाव-भाव कैसे हो रहे हैं, यह देख पाना उसके लिए संभव हो। मैं इसका एक शब्दांश भी नहीं छोड़ूँगा, हालाँकि यह अब तक की सबसे लंबी कहानी होनेवाली है, इसलिए मैं मुँह पर पानी का एक छींटा मारता हूँ और शुरुआत करता हूँ—

तुमने अवश्य ही सर रॉबर्ट रेडगांटलेट जैसे व्यक्ति के बारे में सुना होगा, जो सालों पहले शहर के इस हिस्से में रहा करता था। यह देश उसे लंबे समय तक याद रखेगा। हमारे पिता जब कभी भी उसका नाम सुनते, तो गहरी साँसें भर लिया करते थे। वह मॉन्ट्रोस के समय में हीलैंडमैन के साथ बाहर गया था और फिर 1652 में दोबारा पहाड़ों पर ग्लेनकेर्न के साथ आया था। जब किंग चार्ल्स द्वितीय ने सत्ता सँभाली, तो इसका लाभ रेडगांटलेट को मिला। उसे लंदन के कोर्ट में खुद राजा ने अपनी तलवार कंधे पर रखकर नाइट का खिताब दिया था। प्रीटैलैटिस्ट (जो धर्माधिकारियों का समर्थन करता है) का जबरदस्त समर्थक होने के नाते वह यहाँ आया। उसने लेफ्टिनेंट कमीशन (जो मेरी जानकारी में लाउसी था) के साथ किसी शेर की भाँति उपद्रव मचाया, ताकि देश के विग्स (ब्रिटिश सुधार और संवैधानिक पार्टी, जिसने संसद् की सर्वोच्चता की माँग की) और कनवेंटर्स (स्कॉटलैंड में 17वीं शताब्दी में विद्यमान) के पर कतर दें। विग्स किसी घुड़सवार की भाँति उग्र थे और मामला यह था कि पहले कौन दूसरे पक्ष को थकाता है। रेडगांटलेट को मजबूत बाँहों की परख थी और उसका नाम इलाके में उतना ही मशहूर था, जितना कि क्लेवर हाउस या फिर टैम डेलयैल्स का। ग्लेन न ही डार्गल, न ही पर्वत, न ही गुफा, पहाड़ों के जरूरतमंद लोगों को छुपा नहीं सकते थे। जब रेडगांटलेट बिगुल के साथ निकलता था और उनके पीछे खून-खराबा करता था, तो ऐसा प्रतीत होता था, मानो जैसे वे किसी हिरण के समान बचने के लिए जद्दोजहद कर रहे हों। जब वे उन्हें फेंक देते हैं, तब वे

किसी तरह का जश्न नहीं मनाते थे। वह मात्र कुछ ऐसा होता था, क्या आप परीक्षा देने के लिए तैयार हैं। अगर नहीं, आग तैयार रखें और वहाँ बागी को डाल दिया जाता था।

सर रॉबर्ट के प्रति घृणा और डर दूरगामी तथा व्यापक था। पुरुषों को लगता था कि उसका शैतान के साथ सीधा संबंध है कि वह फौलादी है। बुलेट उसके बफ-कोट में ऐसे लगती थी, मानो भट्ठी से शोले निकल रहे हों। उसके पास सीमारेखा बनानेवाला अस्त्र है, जो एक खरगोश को कैरिफ्रा-गॉन्स (मॉफाटडेल में एक पर्वत की बहुत ढलाववाला सिरा) में बदल सकता है और उसी मकसद से मिल्क मैयर कोल्ट जैसा अकड़ा सकता है। लोगों द्वारा उसे दी जानेवाली सर्वश्रेष्ठ दुआएँ थीं, तुम्हारे क्षेत्र का विस्तार हो रेडगांटलेट। वह अपने लोगों के लिए कोई बुरा मास्टर नहीं था और अपने किराएदारों द्वारा भी खूब पसंद किया जाता था। जहाँ तक उसके साथ यात्रा करनेवाले अनुचरों और सेनानियों का सवाल है, जो किसी को मौत के घाट उतारते वक्त उसके साथ होते थे, क्योंकि कभी-कभी विग्स का उन मृत्युवाले समय में वे खुद को नशे से धुत्त कर दिया करते थे, ताकि उसके स्वास्थ्य को अनदेखा कर सकें।

सर रॉबर्ट के प्रति घृणा और डर दूरगामी तथा व्यापक था। पुरुषों को लगता था कि उसका शैतान के साथ सीधा संबंध है कि वह फौलादी है। बुलेट उसके बफ-कोट में ऐसे लगती थी, मानो भट्ठी से शोले निकल रहे हों। उसके पास सीमारेखा बनानेवाला अस्त्र है, जो एक खरगोश को कैरिफ्रा-गॉन्स (मॉफाटडेल में एक पर्वत की बहुत ढलाववाला सिरा) में बदल सकता है और उसी मकसद से मिल्क मैयर कोल्ट जैसा अकड़ा सकता है।

अब आप यह जानने को उत्सुक होंगे कि मेरे दादा कहाँ रहा करते थे, तो वह रेडगांटलेट के मालिकाना हकवाली जमीन पर रहा करते थे। उस जगह का नाम प्रीमोर्स नोवे था। हम रेडगांटलेट के मातहत, घुड़सवारी किए जानेवाले समय में, अरसे से मैदानी भाग में रहते थे। वह काफी अच्छा लगता था और मुझे लगता है कि उस समय वहाँ देश के बाकी हिस्सों के मुकाबले उस जगह काफी साफ और ताजा हवा चलती थी। अब यह इलाका काफी सुनसान हो गया है और मैं पिछले तीन दिनों से टूटे हुए दरवाजे के सहारे बैठा हुआ था और इस बात से खुश था कि मैंने वह दर्द नहीं देखा, जो इस जगह ने पहले कभी देखा था, लेकिन यह टिप्पणी महज टिप्पणी थी। वहाँ मेरे दादा स्टेनी स्टेनशन रहा करते थे, जो अपनी युवावस्था में इधर-उधर भ्रमण करनेवाले और तेजस्वी थे। वह पाइप पर व्हील बजा सकते थे। वह हूपर्स और गिर्डर्स में काफी मशहूर थे, उन्हें जॉकी लेटिन में पकड़ पाना असंभव था, वह अपनी जादुई उँगलियों को बर्विक और चार्लाए के बीचो-बीच घुमाते थे। स्टेनी ऐसे शख्स नहीं थे, जिसे वह विग्स बना पाते। इसलिए वह टोरी बन गए, क्योंकि वे उसे यह बना सकते थे, जिसे अब हम आवश्यकतानुसार जैकोबाइट्स कहते हैं, क्योंकि वह किसी भी पक्ष से संबद्ध किया जा सकता था। उनके मन में विग्स इकाई के खिलाफ कोई बुरी भावना नहीं थी, वह शिकार में सर रॉबर्ट के पीछे-पीछे जाकर उन्हें खुश किया करते, उन्हें देखते और उनका अनुगमन किया करते थे। उन्होंने व्यापक तौर पर अनिष्ट होते हुए देखा भी और शायद थोड़ा-बहुत किया भी, लेकिन ऐसा कि जिसकी वह अनदेखी नहीं कर सकते थे।

स्टेनी अपने मास्टर के पसंदीदा शख्स थे और कैसल की दास्ताँ जानते थे। जब मास्टर के मनोरंजन का मन होता, तो उन्हें अकसर पाइप बजाने के लिए बुलावा आ जाता था। हर समय सर रॉबर्ट के साथ साए

की तरह रहनेवाले औल्डो डगलस एवं मैककैलम नाम के नौकर विशेष रूप से पाइप सुनना पसंद करते थे और तारीफ में अच्छे-अच्छे वाक्यों द्वारा अपने मास्टर को प्रसन्न किया करते थे।

खैर, वहाँ जब क्रांति का दौर चला, तो इससे डगलस और उसके मास्टर दोनों का दिल टूट गया, क्योंकि बदलाव को उनके तथा दूसरे लोगों द्वारा अच्छा नहीं समझा गया। सत्तारूढ़ विग्स ने यह साफ कर दिया था कि वे अपने युवा दुश्मनों के साथ क्या-कुछ करना चाहते हैं, विशेष रूप से सर रॉबर्ट जैसे लोगों के साथ। लेकिन वह भी कुछ अलग नहीं निकले और पिछले दौरवाले पैसे के चलन की मोह-माया के वशीभूत होकर पूर्ववत् कार्यों को अंजाम देने लग गए। लिहाजा संसद् ने मालिकों के लिए नियमों को काफी आरामदायक बनाते हुए उसपर मुहर लगा दी। और सर रॉबर्ट, जिन्होंने कहा कि वह उन्हें कॉनवेंटर (सत्रहवीं शताब्दी में स्कॉटलैंड के धार्मिक और राजनीतिक आंदोलन के सदस्य) का नहीं, बल्कि लोमड़ियों का शिकार करने के कारण पकड़ा गया था, अपनी पुरानी शख्सियत के मालिक बने रहे। उनका आमोद-प्रमोद उतना ही व्यापक और भव्य बना रहा, उनका हॉल वैसे ही चमकता रहा; हालाँकि उसमें संप्रदायवादी जैसी बेहतरीनी नहीं थी, जब उनकी रसोइयों में भंडार भरा रहता था। इस स्थिति में अब वह अपने किराएदारों से किराया वसूलने में अधिक दिलचस्पी दिखाने लगा था। किराएदार भी किराया देनेवाले

सत्तारूढ़ विग्स ने यह साफ कर दिया था कि वे अपने युवा दुश्मनों के साथ क्या-कुछ करना चाहते हैं, विशेष रूप से सर रॉबर्ट जैसे लोगों के साथ। लेकिन वह भी कुछ अलग नहीं निकले और पिछले दौरवाले पैसे के चलन की मोह-माया के वशीभूत होकर पूर्ववत् कार्यों को अंजाम देने लग गए।

दिन उससे अच्छे से व्यवहार किया करते और समय पर पहुँच जाया करते थे, ताकि अपने मालिक के खराब मिजाज का शिकार न बनें। वह ऐसे विस्मयकारी शरीरवाला इनसान था, जिसे गुस्सा दिलाने से सब बचते थे। ऐसा उस प्रतिज्ञा के कारण था, जो उसने ली हुई थी, उस क्रोध के कारण था, जो उसे तुरंत आ जाता था और चेहरे के उन हाव-भावों के कारण था, जिसे देखकर कभी-कभी लोग यह सोचा करते थे कि कहीं वह शैतान का अवतार तो नहीं है।

मेरे दादाजी एक मैनेजर थे, नहीं-नहीं, वह इससे अधिक गुमराह करनेवाले व्यक्ति थे—लेकिन उन्हें पैसे बचाने की आदत नहीं थी और उन्हें बकाए में दो बार का किराया मिला था। पहला खंड उन्हें व्हाइट संडे में मिला, जब उन्होंने मालिक की अच्छे-अच्छे शब्दों में प्रशंसा की और उनके लिए पाइप बजाया। बदली परिस्थिति में अब वहाँ मार्टिनमास ग्राउंड अफसरों का एक समन लेकर उनके पास आया और बोला कि तयशुदा दिन पर किराया लेकर पहुँच जाए, नहीं तो स्टेनी वहाँ से हटाए जाने के योग्य हो जाएगा। उन्हें रुपया-पैसा लेकर वहाँ पहुँचना था और आखिरकार उन्होंने चिल्लर एकत्र कर एक हजार का आँकड़ा छू लिया। इसमें ज्यादातर पैसा उसने अपने पड़ोसी से लिया हुआ था, जिसका नाम लॉरी लैपरेक था, जो एक धूर्त लोमड़ी की-सी नीयतवाला था। लॉरी के पास खूब धन था, वह शिकारी कुत्ते की तरह शिकार किया करता था और खरगोश सरीखा दौड़ा करता था। वह हवा का रुख देखकर विग या टॉरी या साधु अथवा शैतान हो जाया करता था। वह क्रांतिकारी विश्व में एक प्रोफेसर के समान था, लेकिन उसे एक अलग ही आभावाली दुनिया की दरकार थी। फिलहाल वह मेरे दादा द्वारा पाइप पर बजाई गई धुन से ही तृप्त था। उसने सोचा कि उसने जो मेरे दादा को उधार में रुपया दिया है, उसकी सुरक्षा के लिए वह उनके साथ प्राइमरोज नौवे जाए।

दुलकी चाल के साथ मेरे दादा रेडगांटलेट कैसल से भारी पर्स खाली कर और हलके दिल के साथ बाहर निकल आए। वह इस बात से खुश थे कि वह आखिरकार उस खतरनाक इलाके से बाहर निकल आए हैं। कैसल में पहली बात जो उनके पल्ले पड़ी, वह यह थी कि सर रॉबर्ट गठिया के दर्द की वजह से बुरी तरह झल्लाया हुआ था और बारह बजे तक उसकी झलक तक देखने को नहीं मिली। ऐसा केवल पैसे की वजह से नहीं था, डॉगल ने सोचा, बल्कि इसलिए था, क्योंकि वह मैदान में मेरे दादा के साथ खड़े होकर उसका एक हिस्सा नहीं बनना चाहता था। डॉगल स्टेनी को देखकर काफी खुश हुआ और उसे एक बहुत बढ़िया बलूत के पार्लर लेकर चला गया और यह उम्मीद करते हुए वहाँ मालिक के आगे बैठ गया। उसके बगल में एक महान् कुरूप जैकनापे बैठा था, जो मालिक का खास पालतू था। वह एक विषाक्त जानवर था और कइयों के साथ बहुत बुरा छल किया करता था। वह जल्द ही गुस्सा हो जाया करता था—वह कैसल में दौड़ता, तरह-तरह की आवाजें निकालता और चिल्लाता हुआ लोगों को काटता तथा चूँटी मारता, विशेष रूप से खराब मौसम अथवा राज्य में अशांति के दौरान। सर रॉबर्ट इसे मेजर वीयर कहते थे, करामाती स्थान के जलने के बाद कुछ लोगों को या

दुलकी चाल के साथ मेरे दादा रेडगांटलेट कैसल से भारी पर्स खाली कर और हलके दिल के साथ बाहर निकल आए। वह इस बात से खुश थे कि वह आखिरकार उस खतरनाक इलाके से बाहर निकल आए हैं। कैसल में पहली बात जो उनके पल्ले पड़ी, वह यह थी कि सर रॉबर्ट गठिया के दर्द की वजह से बुरी तरह झल्लाया हुआ था और बारह बजे तक उसकी झलक तक देखने को नहीं मिली।

तो उसका नाम पसंद आया या फिर जीव की स्थितियाँ, उन्हें लगा कि इस साधारण से दिखनेवाले जीव में कुछ-न-कुछ खास तो है—जब उसको देखकर दरवाजा बंद कर दिया गया, तो मेरे दादा को यह बात पसंद नहीं आई। उन्होंने देखा कि कमरे में उनके साथ डगलस मैककैलम और मेजर भी हैं, यह वह मौका था, जो इससे पहले उन्हें नहीं मिला था।

सर रॉबर्ट बैठे या फिर मैं इसे कुछ यूँ कहूँ कि एक बड़ी सी हाथ टिकानेवाली कुरसी पर बैठे। उन्होंने एक लंबा सा वेल्वेट गाउन पहना हुआ था और उनके पैर एक पालने पर थे, क्योंकि उनके पैरों में गठिया की शिकायत थी। उनका चेहरा किसी शैतान की भाँति कटा-फटा और काफी भयानक नजर आ रहा था। लाल लेसवाला कोट पहना मेजर वीयर उनके ठीक सामने बैठ गया। वह सिर पर जमींदारों वाला विग पहने हुए था। सर रॉबर्ट ने पीड़ा से भरी आँखें जब नीचे कीं, तो जैकनापी ने भी उन्हें देख उसी पीड़ा के साथ अपनी नजरें नीची कर दीं, मानो किसी भेड़ के सिर को दो तलवारों के बीच रखा गया हो—दोनों में यह समानता थी कि दोनों ही काफी खतरनाक इनसान प्रतीत होते थे। मालिक का बफ कोट उनके पीछे लगी पिन के सहारे लटक रहा था तथा उनकी लंबी-चौड़ी तलवार और पिस्तौल उनकी पहुँच के अंदर थी। वह इस मामले में पुराने जमाने के उस मालिक की तरह थे, जो हमेशा अपने हथियार तैयार रखता हो। वह इस फैशन को अब भी मानते थे। उनके घोड़े को उसकी काठी के साथ दिन-रात तैयार रखा जाता था, ठीक उसी तरह, जब वह घोड़े की पीठ पर सवार होकर पहाड़ों पर रहनेवाले लोगों के पीछे भागा करते थे। कुछ लोग कहते थे कि ऐसा विग्स के प्रतिशोध के डर के कारण है, लेकिन मुझे लगता है कि ऐसा वह अपने पुराने रिवाज के मद्देनजर किया करते थे—सर रॉबर्ट किसी से भी नहीं डरते थे। किराएवाली किताब,

जिसका कवर काले रंग का था और उसपर पीतल के बकसुए लगे हुए थे, उनके बगल में रखी हुई थी। एक छल-कपट से भरे गीतोंवाली किताब के बीच पत्ते रखे हुए थे, ताकि उसे उस जगह से खुला रखा जाए, जहाँ प्राइमरोस नौवे के भद्र पुरुष के खिलाफ सबूत नजर आते हों, जिसके अपने मेल और कर्तव्यों के साथ हाथ पीछे बँधे हुए थे। सर रॉबर्ट ने मेरे दादा को घूरा, जैसा कि वह अपने हृदय से उनके हृदय को म्लान कर रहा हो। उसका अपनी भौंहें घुमाने का अपना एक तरीका था। उसके माथे पर गहरा घोड़े की नाल सरीखा चिह्न था, जिसे वहाँ गोदा गया था।

"क्या तुम खाली हाथ आए हो, शैतान की खाला के बेटे ?" सर रॉबर्ट क्रोध सूचक लहजे में बोला। "अगर तुम ऐसे ही आए हो तो⋯"

मेरे दादा, जितना हो सकता था, उतना भला चेहरा बनाते हुए अपना एक पैर आगे लाए और पैसों की थैली को मेज पर रख दिया, ठीक एक ऐसे व्यक्ति की तरह, जो चतुराईपूर्वक काम करता हो। सर रॉबर्ट ने उनकी तरफ फौरन देखा। "इसमें सारा माल है स्टेनी ?" वह बोला।

मेरे दादा, जितना हो सकता था, उतना भला चेहरा बनाते हुए अपना एक पैर आगे लाए और पैसों की थैली को मेज पर रख दिया, ठीक एक ऐसे व्यक्ति की तरह, जो चतुराईपूर्वक काम करता हो। सर रॉबर्ट ने उनकी तरफ फौरन देखा। "इसमें सारा माल है स्टेनी ?" वह बोला।

"महाशय, आपको यह ठीक लगेगा," मेरे दादा बोले।

"यहाँ, डॉगल," मालिक ने कहा, "स्टेनी को ब्रांडी पिलाओ, जब तक मैं पैसे गिनकर रसीद बनाता हूँ," वह बोला।

लेकिन वे कमरे से बाहर नहीं आ पाए। अचानक सर रॉबर्ट बुरी तरह चिल्लाया, जिससे कैसल का गार्ड हिल गया। डॉगल वापस

भागा, रॉबर्ट इस बीच बुरी तरह चिल्ला रहा था। मेरे दादा नहीं जानते थे कि वहाँ खड़े रहना चाहिए अथवा भाग जाना चाहिए, लेकिन फिर भी वे वापस पार्लर चले गए, जहाँ कोई नहीं था। सर रॉबर्ट भयावह ढंग से दहाड़ा। नौकर-चाकर उसके पैरों पर पानी डालने और गले को वाइन से ठंडा करने के लिए इधर-उधर दौड़ने लगे। वह जोर-जोर से बोला, "नरक, नरक, नरक," ये शब्द उसके मुख से चिनगारी की तरह निकल रहे थे। वे उसके लिए पानी लाए और जब उन्होंने उसका सूजा हुआ पैर पानी के टब से बाहर निकाला, तो वह रो-रोकर चिल्लाते हुए बोला कि वह जल रहा है। वहाँ मौजूद लोगों का कहना था कि उन्होंने वाकई पानी से बुलबुला निकलते हुए देखा, जो किसी उबलती हुई कड़ाही की तरह चमक रहा था। उसने डॉगल के सिर पर कप दे मारा और बोला कि उसने उसे ब्रांडी की जगह खून दे दिया है और अगले दिन गलीचे से खून के धब्बे वाकई साफ भी किए गए। मेजर वीयर किसी अड़ियल घोड़े की तरह हिनहिनाया और रोने लगा, मानो वह अपने मास्टर का मजाक उड़ा रहा हो। स्थिति को भाँप मेरे दादा ने वहाँ से पलटकर वापस जाना ही बेहतर समझा। वह अपनी किराए की रसीद लेने के बारे में अब सबकुछ भूल चुके थे। नीचे की तरफ हड़बड़ी में भागते हुए किसी से उन्हें जोरदार टक्कर भी लगी, लेकिन जब वह भागे तो कट-कट की आवाज धीरे-धीरे कम होती गई, वह बहुत तेजी से काँप रहे थे और कैसल में यह शब्द गुंजायमान हो गए थे कि लॉर्ड मर चुका है।

मेरे दादा अपने मुँह में उँगली दबाए वहाँ से चलते बने। उन्हें उम्मीद थी कि डगलस ने पैसे का थैला देखा है और लॉर्ड को रसीद बनाने के बारे में सुना है। युवा लॉर्ड, जो अब सर जॉन था, हालातों को सँभालने एडिनबर्ग से वहाँ पहुँचा था। सर जॉन और उसके पिता के बीच कभी भी नहीं पटी थी। सर जॉन एक वकील था और इसके बाद

आखिरी स्कॉट संसद् में बैठा था और उसने यूनियन के लिए वोट दिया था। माना गया कि उसे मुआवजा भी मिलता, अगर उसके पिता कब्र से बाहर निकलकर उसे इस बाबत थोड़ा समझाते कि घर का चूल्हा जलाए रखने के लिए यह आवश्यक है। कुछ ने सोचा कि बड़े सख्त नाइट से जूझना एक अच्छी जुबान में बात करनेवाले युवा से निपटने से ज्यादा अच्छा था।

बेचारा डॉगल मैकैलम घर में सुध-बुध खोए यूँ ही घूमे जा रहा था, लेकिन फिर भी वह बड़े स्तर पर अंत्येष्टि आयोजित किए जाने के लिए दिशानिर्देश दे रहा था, क्योंकि यह उसकी ड्यूटी थी। डॉगल ने देखा कि रात होने को आई है। सबके सोने चले जाने के बाद वह अंत में अपने बेड पर गया, जो कि चैंबर ऑफ डायस के ठीक विपरीत दिशा में स्थित था, जिसका कि इस्तेमाल उसका मास्टर किया करता था, जब वह जिंदा था और जहाँ अब वह सुध-बुध खोए मुर्दे की भाँति पड़ा हुआ था। अंत्येष्टि की पहलीवाली रात डॉगल अपना विवेक खो चुका था। वह गर्वीले इनसानवाले अंदाज में आया और वयस्क हचन को अपने साथ अपने कमरे में एक घंटे तक बैठने को कहा। राउंड के समय उसने ब्रांडी का एक पैग खुद चखा और दूसरा हचन को दिया और उसे अच्छी सेहत और लंबी उम्र के लिए शुभकामना दी। डॉगल ने कहा कि उसका मन इस दुनिया से विरक्त हो चुका है, क्योंकि सर रॉबर्ट की मृत्यु के बाद से हर रात उनके चैंबर

अंत्येष्टि की पहलीवाली रात डॉगल अपना विवेक खो चुका था। वह गर्वीले इनसानवाले अंदाज में आया और वयस्क हचन को अपने साथ अपने कमरे में एक घंटे तक बैठने को कहा। राउंड के समय उसने ब्रांडी का एक पैग खुद चखा और दूसरा हचन को दिया और उसे अच्छी सेहत और लंबी उम्र के लिए शुभकामना दी।

से उनकी चाँदी की सीटी बजती रहती है, जैसे तब बजती थी, जब वह जिंदा थे। यह सीटी वह इसलिए बजाते थे, ताकि डॉगल आकर उनको बेड पर मुड़ने में मदद करे। डॉगल ने कहा कि सीटी बजने के बाद उसकी कुछ भी करने की हिम्मत नहीं हुई, क्योंकि वह टावर की मंजिल पर उस मृत शरीर के साथ अकेला था (सर रॉबर्ट को किसी अन्य मृत व्यक्ति की तरह उठाने की जहमत किसी ने नहीं की)। उसका कहना था कि अब इस बाबत उसका जमीर जाग चुका है। उसे लगता है कि जब-जब उसका मालिक सीटी बजाएगा, तब-तब वह हर हाल में उनकी सेवा के लिए उनके पास उपस्थित होगा, फिर चाहे उनकी मृत्यु के साथ उसकी ड्यूटी खत्म ही क्यों नहीं हो गई। सर रॉबर्ट के प्रति मेरा सेवाभाव किसी भी कीमत पर कम नहीं होगा और मैं उनकी अगली सीटी पर उनकी मदद करने जरूर जाऊँगा, लेकिन क्या सीटी बजने पर हचन, तुम मेरे साथ वहाँ मौजूद रहोगे? हचन की इस काम को करने में कोई दिलचस्पी नहीं थी, लेकिन उसने डॉगल का हर संघर्ष में साथ दिया था और वह अभी भी इस मुश्किल घड़ी में उसे धोखा नहीं देना चाहता था। लिहाजा पेशे से क्लर्क हचन ने ब्रांडी का एक बड़ा घूँट गटका और बाइबल का एक अध्याय पढ़ डाला। लेकिन डॉगल डेवी लिंडसे के अलावा कुछ नहीं सुनना चाहता था, क्योंकि वह खुद को मानसिक रूप से युद्ध के लिए तैयार कर रहा था। जब मध्यरात्रि आई और घर एक कब्र की भाँति शांत नजर आ रहा था, तब चाँदी की सीटी एकदम तेजी से बजी, मानो सर रॉबर्ट स्वयं उसे बजा रहे हों। सीटी की आवाज सुनकर दोनों कामगार मर्द हड़बड़ाकर उठ खड़े हुए और लड़खड़ाते हुए उस कमरे में घुसे, जहाँ सर रॉबर्ट मृत अवस्था में पड़े हुए थे। उस कमरे में मशालें जली हुई थीं, जिस वजह से हचन ने अपनी पहली नजर में ही वहाँ काफी कुछ देख लिया। उसे वहाँ रोशनी की वजह से एक गंदा पिशाच दिखा, जो अपने व्यापक आकार में था,

वह कफन पर बैठा हुआ था। हचन ने उसे देखा और वहीं जड़वत् हो गया, मानो उसके प्राण–पखेरू उड़ गए हों। वह यह नहीं बता पाया कि कितने समय तक वह इसी अवस्था में रहा, लेकिन वापस होश–हवाश में आने पर वह चिल्लाने लगा। उसके बगल में डॉगल मौजूद नहीं था, एकाएक उसने अपने बगल में देखा, तो पाया कि वह अपने मास्टर के बेड से महज दो कदम की दूरी पर मरा पड़ा है। जहाँ तक सीटी का सवाल है, वह आँखों से ओझल हो चुकी थी। लेकिन इसके बावजूद उसकी आवाज कई दफा सुनी गई, कभी घर की छत पर, कभी कँगूरेदान के छज्जे पर और कभी पुरानी चिमनियों और बुर्ज पर, जहाँ उल्लू अपना घोंसला बना लिया करते थे। सर जॉन ने इन सारी बातों को दबा दिया और अंत्येष्टि शांति से संपन्न हो गई।

लेकिन जब यह सब खत्म हो गया और इस जमीन के उत्तराधिकारी जमींदार ने वित्तीय मामलों को सुलटाना शुरू किया, तो उस प्रॉपर्टी के हर किराएदार को बुलाकर बकाया किराया चुकाने की बात कही गई। किराए का हिसाब–किताब करनेवाली किताब में मेरे दादा का नाम दर्ज था, उनके नाम का पूरा किराया देने के लिए उन्हें भी बुलावा भेजा गया।

लेकिन जब यह सब खत्म हो गया और इस जमीन के उत्तराधिकारी जमींदार ने वित्तीय मामलों को सुलटाना शुरू किया, तो उस प्रॉपर्टी के हर किराएदार को बुलाकर बकाया किराया चुकाने की बात कही गई। किराए का हिसाब–किताब करनेवाली किताब में मेरे दादा का नाम दर्ज था, उनके नाम का पूरा किराया देने के लिए उन्हें भी बुलावा भेजा गया। दादा हड़बड़ाते हुए अपनी कहानी सुनाने कैसल तक पहुँचे। वहाँ उनकी मुलाकात सर जॉन से हुई, जो अपने पिता की कुरसी पर बैठे हुए थे।

वह भारी गम में डूबे हुए थे। सर जॉन अंत्येष्टि के समय पहने जानेवाले कपड़ों में ही थे और उनके बगल में एक छोटी सी छुरी थी। वहाँ पहले एक बड़ी लंबी-चौड़ी तलवार हुआ करती थी, जो कि भारी स्टील से बनी हुई थी। उसका वजन काफी ज्यादा था। "मैंने कई दफा खुद उसकी खनक सुनी थी। ऐसे में मुझे अहसास होता था कि मैं खुद वहाँ मौजूद हूँ, हालाँकि यह संभव नहीं था, क्योंकि तब तक मैं पैदा भी नहीं हुआ था," वह अंधा बूढ़ा बोला। खैर, मेरे दादा का साथी एलन काफी अच्छी तरह से किराएदार के बोलने के तरीके की नकल कर रहा था, जो मालिक के गुणगान करता हुआ उसे खूब मक्खन लगाता है। इतना ही नहीं, उसने जमींदार के उत्तराधिकारी के जवाब की नकल भी की, जो किराएदार के एकदम विपरीत स्वर में था। जब उसके दादा अपनी बात नए मालिक के आगे रखने के लिए खड़े हुए, तब उनकी नजरें किराएदारों का हिसाब-किताब रखनेवाली पुस्तिका पर गड़ी हुई थीं, ठीक ऐसे, मानो वह एक विशालकाय कुत्ता हो, जो उनपर झपटकर हमला बोल सकता है। मेरे दादा बोले, "क्योंकि आपको मुखिया की कुरसी मिल गई है, आपके पास खाने के लिए सफेद ब्रेड का बड़ा टुकड़ा है, लिहाजा मैं आपकी खुशी की कामना करता हूँ। आपके पिता दोस्तों और अनुगमनकर्ताओं के लिए काफी दरियादिल थे। भगवान् आप पर इतनी इनायत दिखाए कि आप उनकी जगह ले सकें। उनकी हालत खराब हो गई थी और गठिया के कारण वे जूते तक नहीं पहन पाते थे।"

मिस्टर जॉन ने लंबी साँस भरते और रूमाल से अपना चेहरा पोंछते हुए कहा, "स्टेनी, तुम ठीक कह रहे हो, ऊपरवाले ने उन्हें अचानक ही बुला लिया और उनकी कमी हमारे इलाके में खूब खलेगी। उनके पास अपने घर और कारोबार को व्यवस्थित रखने का कोई समय ही नहीं था, लेकिन फिर भी उन्होंने अपने आप को भगवान् के रास्ते के लिए अच्छी

तरह से तैयार किया, जो कि इस सारे मसले की जड़ में है, क्योंकि वह अपने पीछे काफी सारी चीजें छोड़ गए हैं, जिन्हें हमें सुलटाना होगा। हमें अब कारोबार पर ध्यान देने की जरूरत है। हमारे पास बहुत कुछ करने को है, लेकिन समय बहुत कम है।"

स्टीफन बोला, "मैं बेशक वह रसीद आपके लिए लेता आता, लेकिन मेरे पास वक्त की कमी थी। मेरे मालिक, मैं रुपया-पैसा लेकर आया था, लेकिन सर रॉबर्ट उस समय इतनी पीड़ा में थे कि बमुश्किल उसे गिनकर रसीद पुस्तिका में दर्ज कर पाए। मैं उसी पीड़ा की बात कर रहा हूँ, जिसने उनकी जिंदगी लील ली।"

अब उसने घातक संस्करण को खोला, "मैंने एक चीज के बारे में सुना है, जिसे वे 'डूम्सडे बुक' (कयामत के दिनवाली किताब) कहते हैं। मैं स्पष्ट हूँ कि यह वापस एकजुट हुए किराएदारों के विवरण देती हुई पुस्तिका है।"

स्टेनी, सर जॉन ने उसी मुलायम, चिकनी-चुपड़ी जुबान में कहा, "स्टीफन, स्टीवेनसन या स्टीनस्टन, तुम्हारा पिछला किराया बाकी है, जो पिछली अवधि का है।"

स्टेनी ने कहा, "मालिक, मैंने वह किराया आपके पिताजी को दे दिया था।" सर जॉन बोला, "ठीक है, फिर किसी भी शंका के निवारण के लिए उसकी रसीद दिखाओ।"

स्टीफन बोला, "मैं बेशक वह रसीद आपके लिए लेता आता, लेकिन मेरे पास वक्त की कमी थी। मेरे मालिक, मैं रुपया-पैसा लेकर आया था, लेकिन सर रॉबर्ट उस समय इतनी पीड़ा में थे कि बमुश्किल उसे गिनकर रसीद पुस्तिका में दर्ज कर पाए। मैं उसी पीड़ा की बात कर रहा हूँ, जिसने उनकी जिंदगी लील ली।"

"यह तो बहुत बदकिस्मती की बात है," थोड़ी देर चुप रहने के

बाद सर जॉन ने कहा। "लेकिन जब तुम उन्हें किराया दे रहे थे, तो अवश्य ही वहाँ कोई दूसरा व्यक्ति रहा होगा, जो उसका गवाह हो सकता है। मुझे बस इसका कोई गवाह चाहिए, स्टीफन! मैं किसी भी गरीब व्यक्ति के साथ सख्ती वाला बरताव नहीं करना चाहता," वह बोला।

स्टीफन बोला, "मैं एकदम सच कह रहा हूँ मालिक, उस समय कमरे में और कोई नहीं, बस नौकर डॉगल मैककैलम था। लेकिन जैसा कि आप जानते हैं मालिक, वह भी अपने मालिक की राह पर चलते हुए इस दुनिया को अलविदा कह गया है।"

"एक बार फिर यह बहुत बदकिस्मतीवाली बात है स्टीफन," अपने लहजे को उसी प्रकार बनाए रखते हुए सर जॉन ने कहा, "वह व्यक्ति, जिसे तुमने पैसा दिया, वह मर चुका है और वह व्यक्ति, जो इस पूरे दृश्य का गवाह था, वह भी मर चुका है और वह रुपया-पैसा, जो सामने होना चाहिए था, वह न तो दिख रहा है, न ही उसके बारे में सुना है कि वह कोषागृह में है। ऐसे में मैं तुम्हारी बातों पर विश्वास करूँ तो भला कैसे करूँ?"

स्टीफन बोला, "मैं नहीं जानता मालिक, लेकिन भगवान् मेरी मदद करे। इन रुपयों-पैसों को लेकर मेरे पास एक छोटा सा अनुबोधन-पत्र है। मुझे किराए के लिए बीस थैलियाँ उधार लेनी पड़ी थीं और मुझे पक्का यकीन है कि वह व्यक्ति जिससे मैंने यह पैसे उधार लिये थे, वह आपके सामने शपथ खाकर बताएगा कि मैंने उससे वह पैसा किस मद में उधार लिया था।"

सर जॉन ने कहा, "स्टीफन, मुझे इस बात पर थोड़ी शंका है कि तुमने पैसे उधार लिये थे। मुझे तुम्हारे द्वारा दी गई राशि का सबूत चाहिए।"

स्टीफन बोला, "वह रुपया-पैसा घर के किराए की मद में ही लिया गया था, सर जॉन! और क्योंकि मालिक, वह पैसा आपको नहीं मिला,

न ही आपके पिताजी और मेरे पूर्व मालिक उसे अपने साथ लेकर जा सकते हैं, ऐसे में हो सकता है कि आपके परिवार के ही किसी व्यक्ति ने वह पैसा देखा हो।"

सर जॉन बोले, "चलो स्टीफन, हम नौकरों से इस बारे में पूछताछ करेंगे, तुम्हारी यह बात थोड़ी युक्तिसंगत लगती है।"

"लेकिन लैकी और लैस सभी ने इस बात से इनकार किया है कि उन्होंने कभी भी पैसों का ऐसा कोई थैला देखा है। अब चाहे जो बात हो, दुर्भाग्यवश उन्होंने किसी भी जीवित आत्मा से अपने किराए को देने का उद्देश्य किसी को भी नहीं बताया।" सर जॉन रेडगांटलेट ने इसके बाद कमरे से नौकरों को बाहर जाने का हुक्म सुनाया और फिर मेरे दादा से बोला, "स्टेनी, अब खुद ही देख लो, अब मेरे सामने तुम अपनी बात साफ-साफ रख सकते हो, क्योंकि मुझे थोड़ी-बहुत ही शंका है, इसलिए बाकी लोगों की अपेक्षा तुम ही यह बात बेहतर ढंग से बता सकते हो कि रुपया-पैसा कहाँ मिलेगा, मैं चाहता हूँ कि तुम सच बोलो और अपने भले के लिए इस खेल को यहीं खत्म कर डालो। या फिर स्टीफन, बकाया पैसा मुझे दो या फिर यहाँ से चलते बनो।"

"लेकिन लैकी और लैस सभी ने इस बात से इनकार किया है कि उन्होंने कभी भी पैसों का ऐसा कोई थैला देखा है। अब चाहे जो बात हो, दुर्भाग्यवश उन्होंने किसी भी जीवित आत्मा से अपने किराए को देने का उद्देश्य किसी को भी नहीं बताया।"

अपने विवेक को एक तरफ रखकर थोड़ी गंभीर आवाज में मेरे दादा स्टीफन बोले, "मालिक, मुझे माफ करें, मैं एक ईमानदार व्यक्ति हूँ।"

"ठीक वैसे ही मैं भी एक ईमानदार व्यक्ति हूँ," नया मालिक

बोला, "और मुझे उम्मीद है कि इस घर में रहनेवाले तमाम लोग भी ऐसे ही ईमानदार हैं। लेकिन अगर हमारे बीच कोई धूर्त है, तो निश्चित तौर पर वो वह व्यक्ति है, जो यह कहानी सुना रहा है, और जिसे वह साबित करके नहीं दिखा सकता।" थोड़ी देर रुककर वह आगे थोड़ा और कड़ाई से बोला, "अगर मैं तुम्हारी चालाकी समझ पा रहा हूँ, सर, तो तुम इस परिवार को लेकर फैली बदनामी भरी बातों का फायदा उठाना चाहते हो, विशेष रूप से मेरे पिता की अचानक हुई मृत्यु के चलते पैसे को लेकर मुझे धोखा देना चाहते हो और शायद यह इशारा करके मेरा चरित्र हनन करना चाहते हो कि मैं जिस किराए की माँग कर रहा हूँ, वह पहले ही प्राप्त कर चुका हूँ। तुम्हें क्या लगता है, पैसा कहाँ हो सकता है ? मैं तुम्हें इस बात के लिए जोर देता हूँ कि पैसा कहाँ रखा हुआ है, मुझे यह बात बताएँ।"

मेरे दादाजी ने देखा कि स्थितियाँ उनके विपरीत जा रही हैं। उन्होंने शरीर का भार एक पाँव से दूसरे पाँव पर डाला और अपनी नजरों से ही कमरे के हर कोने को खँगाल दिया, लेकिन सर जॉन की बात का कोई जवाब नहीं दिया।

"अरे, कुछ तो बोलो," मालिक बोला, उसके पिता सरीखे विशिष्ट हाव-भाव को भाँपकर, जो वह तब बनाते थे, जब वह बेहद क्रोधित हुआ करते थे, जिन्हें देखकर ऐसा लगता था, मानो उनकी त्योरियों पर नजर आ रही झुर्रियाँ, उनकी भौंहों के बीच किसी घोड़े की नाल के समान भयभीत आकार बना रही हों, "बोलो सर, मुझे भी पता चले कि तुम क्या सोच रहे हो, क्या तुम्हें लगता है कि वह पैसा मेरे पास है ?"

"मैं ऐसा नहीं कह सकता," स्टीफन बोला।

"क्या तुम मेरे किसी व्यक्ति पर वह पैसा लेने का आरोप लगा रहे हो ?"

"मैं यूँ ही किसी मासूम पर भला कैसे आरोप लगा सकता हूँ," मेरे

दादा बोले, "और अगर उनमें से ही कोई इसका आरोपी निकलता है, तो उसे साबित करने के लिए मेरे पास कोई सबूत नहीं है।"

"अगर तुम्हारी बातों में सच्चाई है, तो वह पैसा कहीं-न-कहीं तो होगा," सर जॉन ने कहा, "मैं पूछ रहा हूँ कि तुम्हें क्या लगता है कि वह पैसा कहाँ हो सकता है? और एक उचित उत्तर की माँग करता हूँ।"

"अगर आप वाकई इस पैसे को लेकर मेरे विचार जानना चाहते हो तो मेरा जवाब होगा, नरक में," मेरे दादा के सब्र का बाँध अब टूट चुका था। ऊँचे स्वर में वह दोबारा बोले, "वह पैसा नरक में है, तुम्हारे पिताजी और उनकी चाँदीवाली सीटी के साथ, बेशर्म और असभ्य इनसान!"

"अगर आप वाकई इस पैसे को लेकर मेरे विचार जानना चाहते हो तो मेरा जवाब होगा, नरक में," मेरे दादा के सब्र का बाँध अब टूट चुका था। ऊँचे स्वर में वह दोबारा बोले, "वह पैसा नरक में है, तुम्हारे पिताजी और उनकी चाँदीवाली सीटी के साथ, बेशर्म और असभ्य इनसान!"

ऐसा कहते ही वह नीचे सीढ़ी की तरफ भागे (इन तीखे शब्दों के बाद पार्लर ही उनके लिए नया स्थान था)। उन्होंने मालिक को चिल्ला-चिल्लाकर यह कसम खाते हुए सुना कि वह उनका खून पी जाएगा। सर जॉन जितना हो सकता था, उतनी तेजी से बेली (स्कॉटलैंड की नगरपालिका का जज) और बैरन अफसर को पुकारते हुए दौड़ा।

भागते-भागते मेरे दादा मुख्य लेनदार अधिकारी के पास यह देखने के लिए पहुँचे (जो लॉरी लैप्राइको था) कि क्या वह इस स्थिति में उनके लिए कुछ कर सकता है। जब उन्होंने अपनी कहानी उसे सुनाई, तो उसने अपने मुख से मालिक के लिए अपशब्द निकाले, चोर, भिखारी और माल हड़पनेवाला। इन सख्त शब्दों के बाद लॉरी ने उन्हें भगवान् के संतों

के खून से सने हाथ से जुड़ी एक छोटी सी कहानी कह सुनाई, मानो एक किराएदार मालिक के साथ सवारी करने में मददगार साबित हो सकता था और वह भी सर रॉबर्ट जैसा मालिक। अब तक मेरे दादा के सब्र का बाँध टूट चुका था। वह लॉरी के साथ दौड़े चले जा रहे थे, फिर भी उन्होंने लॉरी के सिद्धांत को लेकर उसे खूब खरी-खोटी सुनाई और कहा कि वह आज आपे में नहीं थे और आक्रामक हो गए थे।

आखिर में दोनों की राहें अलग-अलग हो गईं। मेरे दादा को पिटमुर्की के जंगलों से घर वापस लौटना था, जिसे वह काले फरोंवाला बताया करते थे। "मैंने भी वह देखा था, लेकिन फर काले थे या सफेद, मैं सही तौर पर तुमको यह नहीं बता सकता," अंधा बोला। जंगल में प्रवेश करते ही एक निर्जर सार्वजनिक स्थल था और इसके किनारे पर एक छोटा सा अकेला घर था, जो उस समय एक हॉस्टल वाले की पत्नी रखे हुए थी—वे उसे 'टिबी फाओ' पुकारते थे, वहाँ पहुँचकर बेचारे स्टेनी ने ब्रांडी पी और चिल्लाते हुए रोने लगा। टिबी भी वहाँ मीट का एक टुकड़ा खाने पहुँच गई, लेकिन स्टेनी कुछ और सोच नहीं पा रहा था। उसने ब्रांडी से दो टोस्ट बनाए, पहला सर रॉबर्ट रेडगांटलेट की याद में, जिसके बारे में मेरे दादा का कहना था कि भगवान् करे कि वह अपनी कब्र में भी सब्र से नहीं बैठ पाए, जब तक कि उसके गरीब किराएदार के साथ न्याय नहीं हो जाए। दूसरा टोस्ट दादा ने अपने दुश्मन की सेहत को लेकर इस उम्मीद में बनाया कि काश, वह उसे रुपयों का थैला वापस कर दे या फिर उससे कहे कि वह देखे कि यह दुनिया कैसे उसे एक चोर, धोखेबाज बुला रही है, फिर दादा ने अपना प्याला उठाया और पूरी ब्रांडी गटक गए।

वह आगे रास्ते में जैसे-तैसे बढ़े चले जा रहे थे। रात में घुप अँधेरा छा गया था तथा पेड़ों ने उसे और अंधकारमय बना दिया था। वह जिस घोड़े पर सवार थे, उसे उसने उसके हाल पर छोड़ दिया था। वह उनका

घोड़ा इस घने जंगल में अपने आप चला जा रहा था। थकान के मारे उनके छोटे घोड़े ने अचानक उछलना और तेज भागना शुरू कर दिया, वह भी इतने अजीबोगरीब ढंग से कि मेरे दादा बमुश्किल काठी पर खुद को टिका पाए। थोड़ी देर में एक घुड़सवार अचानक उनके बगल में आया और बोला, "दोस्त, क्या तुम अपने इस उत्साही जानवर को बेचना पसंद करोगे?" ऐसा कहते हुए उसने घोड़े की गरदन को अपनी सवारीवाली छड़ी से छुआ, जो ठोकर से गिर पड़ी। "लेकिन ऐसा लगता है कि इसका साहस जल्द ही खत्म हो चला है। यह एक ऐसे पुरुष के साहस की भाँति प्रतीत होता है, जो यह सोचता है कि वह बड़े-बड़े काम करेगा," अजनबी आगे बोला। मेरे दादा के कान में बमुश्किल उसकी बातें गई होंगी, लेकिन उसके घोड़े को एड़ लगाते हुए बोले, "शाम की नमस्ते दोस्त!"

वह आगे रास्ते में जैसे-तैसे बढ़े चले जा रहे थे। रात में घुप अँधेरा छा गया था तथा पेड़ों ने उसे और अंधकारमय बना दिया था। वह जिस घोड़े पर सवार थे, उसे उसने उसके हाल पर छोड़ दिया था। वह उनका घोड़ा इस घने जंगल में अपने आप चला जा रहा था।

अजनबी को देखकर ऐसा लगता था, मानो वह चाहता था कि उसकी बात को हलके में नहीं लिया जाए। स्टेनी आगे बढ़ रहा था, तो अजनबी उसी की गति की बराबरी करता हुआ उनके बगल में पहुँच गया। आखिरकार मेरे दादा स्टेनी को उसकी हरकतों पर थोड़ा गुस्सा आ गया और सच कहूँ तो वह उसकी हरकतों से थोड़ा-बहुत डर भी गए थे।

"दोस्त, तुम मुझसे क्या चाहते हो?" उन्होंने पूछा, "अगर तुम एक डाकू हो तो पहले से बता दूँ कि मेरे पास कोई पैसा नहीं है, और अगर तुम एक भले व्यक्ति हो, जिसे किसी साथी की जरूरत है, तो मैं बता दूँ

कि मेरी किसी से भी बातचीत करने की कोई इच्छा नहीं है और अगर तुम इसी मार्ग पर मेरे साथ चलते रहना चाहते हो, तो मैं बिरले ही तुम्हारा साथ देना चाहूँगा।"

"अगर तुम मुझसे अपना दुःख साझा करना चाहो, तो कर सकते हो," अजनबी बोला, "मैं इस दुनिया में रहनेवाला उसी प्रकार का व्यक्ति हूँ, मैं केवल मदद के लिए हाथ आगे बढ़ाता हूँ, मेरे दोस्त।"

उसकी बातें सुनकर मेरे दादा ने अपने दिल को हलका करने के लिए, जिसमें किसी तरह की उम्मीद और मदद की अपेक्षा नहीं थी, शुरुआत से लेकर अंत तक उसे अपनी पूरी कहानी कह सुनाई।

"यह थोड़ा मुश्किल है, लेकिन मुझे लगता है कि मैं तुम्हारी मदद कर सकता हूँ," वह बोला।

"अगर तुम मुझे पैसा उधार दे सको, तो वह मेरे लिए सबसे बड़ी मदद होगी, क्योंकि इस समय दुनिया में मुझे किसी से इससे अधिक मदद नहीं चाहिए," मेरे दादा बोले।

"लेकिन शायद वह जमीन के नीचे मिल सकता है," अजनबी बोला।

"मैं तुम्हारे साथ खुलकर बात करूँगा। मैं तुम्हें बॉन्ड पर पैसे उधार दे सकता हूँ, लेकिन कदाचित् तुम्हें मेरी शर्तों पर संदेह हो। अब मैं तुम्हें बता सकता हूँ कि तुम्हारा भूतपूर्व मालिक तुम्हारे श्राप और तुम्हारे परिवार के दुखमय होने की वजह से अपनी कब्र में परेशान हो रहा है और अगर तुम हिम्मत करके उससे मिलने चलो, तो वह तुम्हें रसीद सौंप सकता है," अजनबी बोला।

इस प्रस्ताव पर मेरे दादाजी के सिर के बाल खड़े हो गए। उन्हें लगा कि यह अजनबी कदाचित् एक मजाकिया इनसान है, जो उन्हें डराने की कोशिश कर रहा है और शायद वाकई उन्हें कुछ पैसा उधार दे दे। इसके अलावा वह ब्रांडी की वजह से थोड़े नशे में थे और परेशानी की वजह

से हताश भी थे। दादा ने जोश में कहा कि उनमें इस रसीद को पाने के लिए न केवल नरक के दरवाजे, बल्कि उससे भी आगे जाने का साहस है। अजनबी उनकी इस बात पर खूब हँसा।

इसके बाद वे दोनों घने जंगलों की तरफ बढ़ने लगे कि अचानक उनका घोड़ा एक बड़े से घर के दरवाजे के बाहर रुक गया। वह जगह जंगल से करीब दस मील की दूरी पर थी, उन्हें वह रेडगांटलेट के कैसल सरीखा लग रहा था। वे अपने घोड़े पर बाहरी प्रांगण में घूमे, जँगले के नीचे से होकर गुजरे और पूरा घर रोशनमय हो गया। उस घर के बाहर पाइप और वायलिन रखे हुए थे और अंदर काफी नाच-गाना भी हो रहा था, जैसा कि इस मौसम में सर रॉबर्ट के पेस और येलवाले घरों में हुआ करता था। वह किनारे हुए और मेरे दादा ने अपने घोड़े को वैसी ही रिंग में बाँध दिया, जैसी रिंग में सुबह बाँधा था, जब वह युवा सर जॉन का इंतजार कर रहे थे।

इसके बाद वे दोनों घने जंगलों की तरफ बढ़ने लगे कि अचानक उनका घोड़ा एक बड़े से घर के दरवाजे के बाहर रुक गया। वह जगह जंगल से करीब दस मील की दूरी पर थी, उन्हें वह रेडगांटलेट के कैसल सरीखा लग रहा था। वे अपने घोड़े पर बाहरी प्रांगण में घूमे, जँगले के नीचे से होकर गुजरे और पूरा घर रोशनमय हो गया।

"हे भगवान्," मेरे दादा ने कहा। "ऐसा लग रहा है कि सर रॉबर्ट की मृत्यु महज एक स्वप्न हो," वह बोले।

उन्होंने ठीक उसी तरह दरवाजा खटखटाया, जैसा उनका पिछला मालिक अपेक्षा करता था। दरवाजा खोलने रेडगांटलेट का मृत नौकर डॉगल आया और बोला, "पाइपर स्टेनी, क्या तुम हो? सर रॉबर्ट तुम्हारी

याद में रो रहे हैं।"

मेरे दादा स्वप्नवाली अवस्था में थे। उन्होंने अजनबी को देखा, लेकिन उस समय तक वह वहाँ से चला गया था। आखिर में उनसे यही कहा गया, "हाँ डॉगल, क्या तुम जिंदा हो? मुझे लगा कि तुम मर चुके हो।"

"चिंता मत करना, तुम अब मेरे साथ हो," डॉगल बोला, "इस बात का ध्यान रखना कि यहाँ किसी से कुछ भी नहीं लेना, न मीट, न ड्रिंक, न पैसा, केवल रसीद लेना, जिसे लेना का तुम्हारा उद्‌देश्य है।"

ऐसा कहते हुए वह स्टेनी को एक हॉल की तरफ ले गया। इस हॉल में जगह-जगह समाधियाँ, पार्लर थे, वहाँ काफी अपवित्र गाने गाए जा रहे थे, रेड वाइन की नदियाँ बह रही थीं, ईश-निंदा हो रही थी और काफी घिनौने कृत्यों को अंजाम दिया जा रहा था, जैसा कुछ रेडगांटलेट के कैसल में हुआ करता था, जब वह गुलजार हुआ करता था।

"मालिक हमारा ध्यान रखते हैं," वह बोला। हाय रे, उस मेज पर कैसे-कैसे डरावने मौजी बैठे हुए थे। मेरे दादा रेडगांटलेट के हॉल में अधिकतर समय पाइप बजाया करते थे। लेकिन अब वहाँ भयंकर मिडिलटन, दुर्व्यसनी रॉथ, चालाक लॉडरडेल और डेलयेल भी अपने गंजे सिर और दाढ़ी के साथ बैठे हुए थे। अर्लशेल के हाथ में कैमरून का खून लगा हुआ था। और हाँ, वहाँ वाइल्ड बोनशॉ भी था, जिसने आशीर्वाद प्राप्त मिस्टर कार्गिल के अंगों को अपने हाथों में जकड़ा हुआ था कि उनसे रक्त बह रहा था। डंबबार्टन डगलस, दो-दो बार देशद्रोह करनेवाला, कभी राजा से और कभी देश से, भी वहाँ मौजूद था। वहाँ रक्तपिपासु वकील मैककेनी भी था, जो अपनी प्रपंचमयी बुद्धि के लिए विख्यात था और किसी देवता की तरह आराम फरमा रहा था। वहाँ

क्लैवर हाउस भी था, जो उतना ही सुंदर था, जितना जीवित रहते हुए था। उसके लंबे, काले, घुँघराले बाल उसके लेसवाले कोट को छूते थे। उसका बायाँ हाथ हमेशा उसकी दाहिनी स्पूल-ब्लेड पर हुआ करता था, जो वह उन घावों को छुपाने के लिए रखता था, जो सिल्वर बुलेट से उसे मिले थे। जब बाकी लोग जोर-जोर से गा-गाकर हँसते हुए पूरे हॉल को गुंजायमान कर रहे थे, तब वह उन सबसे दूर बैठा था और उन सबको उदास, लेकिन अभिमानी चेहरे से देख रहा था। उनकी यह मुसकराहट बार-बार अचानक इतनी भयंकर हो जाती और हँसी इतनी डरावनी जंगली ध्वनि में तब्दील हो जाती कि मारे डर के मेरे दादा की हड्डियाँ काँप उठतीं।

उसके लंबे, काले, घुँघराले बाल उसके लेसवाले कोट को छूते थे। उसका बायाँ हाथ हमेशा उसकी दाहिनी स्पूल-ब्लेड पर हुआ करता था, जो वह उन घावों को छुपाने के लिए रखता था, जो सिल्वर बुलेट से उसे मिले थे। जब बाकी लोग जोर-जोर से गा-गाकर हँसते हुए पूरे हॉल को गुंजायमान कर रहे थे, तब वह उन सबसे दूर बैठा था और उन सबको उदास, लेकिन अभिमानी चेहरे से देख रहा था।

वे जिस मेज पर बैठने का इंतजार कर रहे थे, वहाँ केवल सेवा करनेवाले दुष्ट पुरुष और सैनिक थे, जो धरती पर अपने क्रूरतापूर्ण कार्यों को अंजाम देकर वहाँ पहुँचे थे। महफिल में नीदरटाउन का लैंग लैड भी था, जिसने अर्गेल और बिशप के समनकर्ता, जिसका नाम डील रैटलबैग था, को ले जाने में मदद की थी। वहाँ लेस कोट में कई धूर्त गार्डमैन भी मौजूद थे। वहाँ बर्बर हाइलैंड एमोराइट्स भी मौजूद थे, जिसने खून पानी की तरह बहाया था। वहाँ एक से बढ़कर एक घमंडी सैनिक अधिकारी थे, जिनके दिल में अहंकार था और हाथ रक्तरंजित,

वे अमीरों के अंदर लालसा जगा रहे थे और उन्हें अधिक दुष्ट बनाने में कोई कोर-कसर नहीं छोड़ रहे थे। जब ये अमीर गरीबों को टुकड़ों में विभक्त कर देते, तो ये सब उनका और अधिक दमन करते थे। बाकी भी एक के बाद एक बड़े लोग वहाँ आकर अपने झुंड बना रहे थे। ऐसा प्रतीत होता था कि वे अपनी छुट्टियों में ठीक वैसे ही व्यस्त हों, जैसा कि अगर वे जीवित होते, तब होते।

इस खौफनाक दंगे के बीच मेरे दादा स्टेनी पाइपर जब मेज पर उनके सामने आए, तो उसे देख सर रॉबर्ट रेडगांटलेट अचानक तेज आवाज में रोने लगे, उन्होंने स्टेनी के आगे अपने पाँव पसार दिए और बकवास करने लगे, उनका पिस्तौलदान उनके बगल में था, जबकि विशाल तलवार उनकी कुरसी पर आराम से रखी हुई थी। वे ठीक उसी अवस्था में थे, जैसा कि मेरे दादा ने धरती पर उन्हें अंतिम बार देखा था। उनके पालतू जानवर मेजर का कुशन उनके बगल में था, लेकिन वह प्राणी वहाँ मौजूद नहीं था—यह उसका समय नहीं था, जब वह आगे बढ़े तो कदाचित् सर रॉबर्ट को बाकी लोगों से पूछते हुए सुना गया, "क्या मेजर अभी तक नहीं आया?" और दूसरी तरफ से जवाब आया, "वह प्रभात में ही आएगा।" और जब मेरे दादा आगे बढ़े, सर रॉबर्ट अथवा उनके मेहमान या कहें कि उन्हीं की तरह के बुरे लोग बोले, "क्या पाइपर को अभी भी मेरे बेटे के साथ साल के किराए के मामले को निपटाना है?"

बहुत अचंभे के साथ मेरे दादा ने कहा, "सर जॉन बगैर हुजूर की रसीद के यह मामला नहीं निपटाएँगे।"

"तुम यहाँ आओ स्टेनी, और हमारे लिए पाइप बजाओ," सर रॉबर्ट बोले, "हमें व्हील, हूडल्ड, लकी सुनाओ।"

यह वह धुन थी, जिसे मेरे दादाजी ने एक करामाती से सीखा था, जिसने उसे तब सुना था, जो तब सुनाई जाती थी, जब वे लोग बैठक के

दौरान शैतान की पूजा किया करते थे और मेरे दादा भी यह धुन कभी-कभार रेडगांटलेट के कैसल में सफर के दौरान बजा चुके थे, लेकिन वह कभी भी इसे बजाने के लिए ज्यादा इच्छुक नहीं होते थे। वह आगे बड़े और बोले, "मेरे पास वह पाइप नहीं है, जिससे मैं आपकी पसंद की धुन बजा सकूँ।"

खौफनाक सर रॉबर्ट बोला, "मैककैलम, पिशाच के अंग, जाओ और स्टेनी के लिए वह पाइप लेकर आ जाओ, जो मैंने उसके लिए रखा हुआ है।"

मैककैलम जाकर पाइप की जोड़ी उठाकर ले आया, जो शायद डॉनल्ड द्वीप के पाइपर के लिए रखी हुई थी। लेकिन उसने मेरे दादा को एक पाइप देते हुए हलके से कुहनी पर मारा। स्टेनी ने नजर बचाते हुए नजदीक से देखा, तो पाया कि वह दरअसल स्टील का था और मारे गरमी के सफेद हो रखा था, लिहाजा यह उनके लिए चेतावनी भरा था कि वह उसकी उँगलियों की छुअन से बचें। एक बार फिर मेरे दादा ने बहाना बनाने की कोशिश की और बोले कि वह डर के मारे बेहोश हो गए थे और अब उनके पास हवा का ऐसा जोर नहीं कि उससे पाइप से जुड़ा थैला फुला सकें।

मैककैलम जाकर पाइप की जोड़ी उठाकर ले आया, जो शायद डॉनल्ड द्वीप के पाइपर के लिए रखी हुई थी। लेकिन उसने मेरे दादा को एक पाइप देते हुए हलके से कुहनी पर मारा। स्टेनी ने नजर बचाते हुए नजदीक से देखा, तो पाया कि वह दरअसल स्टील का था और मारे गरमी के सफेद हो रखा था, लिहाजा यह उनके लिए चेतावनी भरा था कि वह उसकी उँगलियों की छुअन से बचें।

"फिर तुम पियो और खाओ स्टेनी," सर रॉबर्ट ने कहा, "हम

यहाँ इससे ज्यादा तो कुछ करते नहीं और तुम्हारे और हमारे जैसे व्यक्ति के बीच बाकी बातचीत व्यर्थ है।" यही वे शब्द थे, जो डॉगल के खूनी अर्ल ने राजा के संदेशवाहक को बोले थे, जब उसने थ्रीव कैसल में बॉम्बी के मैकलेअन का सिर काटा था। यह सुनकर स्टेनी सतर्क हो गया।

लिहाजा अब उसने एक मर्द की तरह बात की और बोला, "वह यहाँ न तो पीने आया है, न ही खाने और न ही गंधर्ववृत्ति करने। वह तो सीधे-सीधे अपने मालिक से इस बात का जवाब चाहता है कि उसने किराए का जो पैसा उनके हवाले किया था, उसका क्या हुआ, ताकि वह इस सबसे छुटकारा पा सके। उस समय तक उसने अपना दिल इतना कड़ा कर लिया था कि उसने सर रॉबर्ट से यह तक कह दिया कि अपनी अंतरात्मा की खातिर (उसके पास वह पवित्र नाम लेने की शक्ति नहीं थी) वह ऐसा करें। और चूँकि वह उनकी शांति और आराम की उम्मीद करता है तथा वह चाहता है कि बस उसका यहाँ आने का मकसद पूरा हो जाए।"

वहाँ मौजूद लोगों ने अपने दाँत पीसे और खूब हँसे, फिर उन्होंने एक बड़ी सी जेब में रखनेवाली पुस्तिका ली, उसमें से रसीद निकाली एवं उसे स्टेनी को सौंप दिया, "यह रही तुम्हारी रसीद, नीच, कायर! और पैसा, इसे मेरा बेटा बिल्लियों के पालने में खोज सकता है।"

मेरे दादा ने इसके लिए अपने पूर्व मालिक को लाख-लाख धन्यवाद दिया और अब बस वह वहाँ से निकलने ही वाले थे कि सर रॉबर्ट गुर्राती हुई आवाज में जोर से बोला, "रुक, मेरी बात अभी पूरी नहीं हुई है। यहाँ हम कुछ भी नहीं करते। बारह महीने बाद इसी दिन तुम अपने स्वामी को, जो मेरी रक्षा के लिए सम्मान देना चाहते हो, उसे चुकाने के लिए तुम्हें लौटना पड़ेगा।"

अचानक मेरे दादा की जीभ फिसल गई और वे जोर से बोले, "मैं

खुद को देवताओं के सुख के लिए संदर्भित करता हूँ, तुम्हारे लिए नहीं।"

जैसे ही उन्होंने अपना वाक्य पूरा किया, उनके चारों तरफ घना अँधेरा छा गया। वे अचानक धरती में समाने लगे, यह सब इतना अचानक हुआ कि वे भौचक्के रह गए और उनकी साँसें और चेतना—दोनों ही खत्म होने लगे।

मेरे दादा स्टेनी इस स्थिति में कब तक रहे, वह यह बात तो नहीं बता पाए, लेकिन जब उन्होंने होश सँभाला, तब खुद को कब्रिस्तान में रेडगांटलेट की कब्र के बगल में पड़ा हुआ पाया। यह पारिवारिक गलियारे के दरवाजे के पास स्थित था। इसमें वयस्क नाइट का नाम खुदा हुआ था—सर रॉबर्ट, जो ठीक उनके सिर के ऊपर लटक रहा था। तड़के सुबह हो चुकी थी और वह अपने चारों तरफ घास पर कोहरे और कब्रों को देख सकते थे। उनका घोड़ा चुपचाप वहाँ बँधी मंत्री की दो गायों के साथ चारा खा रहा था। स्टेनी कदाचित् यह सोच सकता था कि अभी-अभी जो कुछ उसके साथ घटा, वह मात्र एक स्वप्न था; लेकिन उसके हाथ में किराए की रसीद थी, जिसमें लिखे हुए शब्द साफ-साफ दिखाई दे रहे थे और उसपर उसके पूर्व मालिक के दस्तखत भी थे। केवल मालिक के नाम का आखिरी शब्द थोड़ा उलटे-पुलटे ढंग से लिखा हुआ था। ऐसा लगता था कि यह शब्द अचानक उठी पीड़ा के बाद लिखा गया है।

मेरे दादा स्टेनी इस स्थिति में कब तक रहे, वह यह बात तो नहीं बता पाए, लेकिन जब उन्होंने होश सँभाला, तब खुद को कब्रिस्तान में रेडगांटलेट की कब्र के बगल में पड़ा हुआ पाया। यह पारिवारिक गलियारे के दरवाजे के पास स्थित था। इसमें वयस्क नाइट का नाम खुदा हुआ था—सर रॉबर्ट, जो ठीक उनके सिर के ऊपर लटक रहा था।

दिमागी रूप से बेहद परेशान स्टेनी फटाफट उस सुनसान जगह से उठा और अपने घोड़े पर बैठकर रेडगांटलेट कैसल के कुहासे से होता हुआ आगे बढ़ा, अब बारी थी उसके और उसके नए मालिक के बीच संवाद की।

"ओह, दिवालिए!" उनका पहला शब्द था। वह आगे बोला, "क्या तुम मेरा किराया लेकर आए?"

"नहीं," मेरे दादा बोले, "मैं नहीं लाया, लेकिन मालिक, मैं आपके लिए सर रॉबर्ट द्वारा दी गई किराए की रसीद लाया हूँ।"

"अबे, कैसे लाया सर रॉबर्ट की रसीद? तुमने तो मुझे बोला था कि उन्होंने तुम्हें कोई रसीद नहीं दी।"

"मालिक, कृपया आप देखें कि क्या यह पंक्ति सही है?"

सर जॉन ने हर पंक्ति और अक्षर को बड़े ध्यान से देखा। आखिर में उन्होंने तारीख देखी, जिस पर मेरे दादा का ध्यान नहीं गया था—मेरे नियुक्तिवाले स्थान से, उसमें लिखा था—नवंबर 25।

"क्या, यह तो कल की बात है, दुष्ट! इसका मतलब तुम यह रसीद लेने नरक भी चले गए?"

"मुझे यह आपके पिताजी से प्राप्त हुई है, अब वह स्वर्ग में हैं या नरक में, मुझे नहीं पता," स्टेनी बोला।

"मैं इस पर तुमसे प्रीवी काउंसिल में बहस करूँगा," सर जॉन बोले, "दुष्टात्मा, मैं तुझे टार के पीपे और एक टॉर्ट की मदद से तेरे मालिक के पास भेजूँगा।"

"मैं भी प्रेसबेट्री (चर्च के बूढ़ों और मंत्रियों की एक इकाई) चर्च में आपसे बहस करने का इरादा रखता हूँ," स्टेनी बोला। मैं उन्हें बताऊँगा कि मैंने कल रात क्या-कुछ देखा, फिर वे समझेंगे कि मेरे जैसा आदमी क्या-कुछ देख गया," मेरे दादा बोले।

सर जॉन थोड़ा रुके, खुद को सँभाला और सारा वाकया सुनने की

इच्छा जाहिर की। "मेरे दादा ने भी एक-एक बात सर जॉन को कह सुनाई, जैसा कि मैं तुम्हें सुना रहा हूँ, न इससे ज्यादा, न इससे कम," बूढ़ा अंधा बोला।

सर जॉन दोबारा लंबे समय के लिए चुप्पी साध गए और आखिर में खुद को सँभालते हुए बोले, "स्टेनी, तुम्हारी यह कहानी मेरे अलावा कई दूसरे कुलीन परिवारों के सम्मान से संबंधित है और अगर यह झूठी निकली, तो तुम खुद को मेरे खौफ से बचाना, क्योंकि अगर ऐसा हुआ, तो मैं तुम्हारी जीभ गरम-लाल लोहे से भेद दूँगा और यह उतना ही भयावह होगा, जितना लाल गरम चीज से तुम्हारे जैसे कलाकार की उँगली जलाना। लेकिन इसके बावजूद भी तुम्हारी कहानी सही हो सकती है, स्टेनी! और अगर पैसा मिल जाता है, तो मुझे नहीं पता कि उसका क्या करना है, लेकिन सबसे महत्त्वपूर्ण बात यह है कि हम बिल्ली के पालने को ढूँढ़ें कहाँ? पुराने घर में कई बिल्लियाँ हैं, लेकिन मुझे उनके पालनों की जानकारी नहीं है।"

"इसका उचित जवाब तो हमें हचन ही दे सकता है," मेरे दादा बोले। "वह पुराने नौकरों की तरह ही पुराने घर के कोने-कोने से वाकिफ है। लेकिन अब वह पुराना नौकर जिंदा कहाँ है। और मैं उस मृत नौकर का नाम भी नहीं लेना चाह रहा।"

"इसका उचित जवाब तो हमें हचन ही दे सकता है," मेरे दादा बोले, "वह पुराने नौकरों की तरह ही पुराने घर के कोने-कोने से वाकिफ है। लेकिन अब वह पुराना नौकर जिंदा कहाँ है! और मैं उस मृत नौकर का नाम भी नहीं लेना चाह रहा।"

जब इस बारे में हचन से पूछा गया, तो उसने उन्हें उस खँडहरवाले बुर्ज के बारे में बताया, जो अब अनुपयोगी हो गया था। यह क्लॉक हाउस

के बगल में था, जिसपर केवल सीढ़ी से ही चढ़ा जा सकता था। युद्धपोत के ऊपरवाले इस स्थान की खुलनेवाली जगह बाहर की तरफ थी, जिसे बिल्ली का पुराना पालना कहा जाता था।

"मैं तुरंत वहाँ जाना चाहूँगा," सर जॉन बोले और पता नहीं भगवान् जाने कि किस मकसद से उन्होंने अपने साथ हॉल की मेज पर रखी अपने पिता की तमाम पिस्तौलों में से एक पिस्तौल अपने साथ रख ली। जिस रात उनके पिता की मृत्यु हुई थी, वह उसी रात से वहाँ पड़ी हुई थी और जल्दी-जल्दी वहाँ से निकल गए।

उस जगह पर चढ़ना काफी खतरनाक था, क्योंकि वह सीढ़ी पुरानी और कमजोर हो चुकी थी। खैर, सर जॉन ऊपर चढ़े और बुर्ज के दरवाजे पर पहुँच गए, जहाँ जाकर वह रुके, वहाँ से मद्धिम रोशनी आ रही थी। अचानक कोई चीज प्रतिशोध लेने के इरादे से उड़ती हुई उनके पास पहुँची और उन्हें पीछे की तरफ धकेल दिया, नाइट की पिस्तौल एक तरफ गिर गई। हचियन, जो सीढ़ी पकड़े हुए था और मेरे दादा, जो उसके बगल में खड़े थे, ने कंकाल के गिरने की आवाज सुनी। कुछ देर बाद सर जॉन ने एक कंकाल को नीचे की तरफ उन दोनों के पास फेंका और चिल्लाए कि पैसा मिल गया है तथा उन्हें ऊपर आकर उनकी मदद करनी चाहिए। निश्चित तौर पर वहाँ रुपयों का थैला था, जो कई दिनों से नदारद था। जब सर जॉन बुर्ज से नीचे उतरे, तो हाथ पकड़कर मेरे दादा को खानेवाली जगह पर ले गए और उनसे बड़े प्यार से बात की। सर जॉन ने इस बात पर खेद व्यक्त किया कि उन्होंने मेरे दादा पर शक किया तथा अपनी गलती का प्रायश्चित्त करने की एवज में वह उनके लिए एक अच्छे मालिक बनकर दिखाएँगे।

"और अब स्टेनी," सर जॉन ने कहा। "तुम्हारा नजरिया मेरे पिता को एक ईमानदार व्यक्ति के रूप में दिखाता है, जो उन्हें होना भी

चाहिए था। मृत्यु के पश्चात् भी उनकी इच्छा रही कि तुम्हारे जैसे एक गरीब व्यक्ति के साथ नाइनसाफी न हो, फिर भी तुम उनकी आत्मा की सेहत के प्रति संवेदनशील रहे। इसलिए मुझे लगता है कि हमें उस बीमार मृत प्राणी के साथ लगी पट्टी पर, जो कुछ तुमने सपने में देखा, लिखकर लगाना चाहिए।" स्टेनी यह रसीद, जब सर जॉन ने उसे बाहर निकाला तो उनके हाथ काँप रहे थे, "यह महज एक दस्तावेज है और हम सबसे अच्छा काम यह कर सकते हैं कि इसे चुपचाप आग में जला दें।"

"लेकिन यह एक विचित्र दस्तावेज है, जो मेरे किराए का सबूत है," मेरे दादा बोले, जो डर रहे थे कि वह सर रॉबर्ट द्वारा प्रदत्त मुक्ति के फायदे से हाथ धो सकते हैं।

"मैं किराए की पुस्तिका पर तुम्हारा सारा हिसाब लिख दूँगा और तुम्हें अपने मातहत मुक्त करूँगा," सर जॉन बोले, "और यही नहीं, स्टेनी! अगर तुम इस मामले में अपना मुँह बंद करके रखो, तब तुमसे आगे चलकर बहुत कम किराया लिया जा सकता है," वे बोले।

"मैं किराए की पुस्तिका पर तुम्हारा सारा हिसाब लिख दूँगा और तुम्हें अपने मातहत मुक्त करूँगा," सर जॉन बोले, "और यही नहीं, स्टेनी! अगर तुम इस मामले में अपना मुँह बंद करके रखो, तब तुमसे आगे चलकर बहुत कम किराया लिया जा सकता है," वे बोले।

"मालिक, आपका बहुत-बहुत धन्यवाद!" हवा का रुख भाँपकर स्टेनी ने कहा, "इसमें कोई शंका नहीं है कि मैं अपने मालिक की हर आज्ञा को लेकर सहज हूँ, मैं बस इस मामले में कुछ शक्तिशाली मंत्रियों से वार्त्तालाप करना चाहता हूँ, क्योंकि मैं नहीं चाहता कि मुझे आपके पिता सरीखा समन दोबारा मिले।"

बीच में टोकते हुए सर जॉन बोला, "उस प्रेत को मेरा पिता मत बोलो।

"वह चीज भी तो काफी कुछ उन्हीं के समान थी," मेरे दादा बोले, "उन्होंने मुझसे बारह महीने बाद ठीक इसी दिन उनकी खैर-खबर लेने आने को कहा है, उनकी यह बात मेरी आत्मा पर एक बोझ के समान है।"

"तब उसका पालन करना," सर जॉन बोले, "अगर तुम मानसिक तौर पर इतने व्यथित हो, तब तुम इस बारे में हमारे प्रांत के मंत्री से बात कर सकते हो। वह एक निर्वापन व्यक्ति है, वह हमारे परिवार का सम्मान करता है और वह कदाचित् मेरे द्वारा संरक्षण दिए जाने की उम्मीद करता है।"

इसके साथ ही मेरे दादा इस बात पर सहमत हो गए कि रसीद जला दी जानी चाहिए और मालिक ने उसे अपने हाथों से चिमनी में फेंक दिया। रसीद पूरी तो नहीं जली, आधी जलकर ऊपर की तरफ उड़ गई। ऐसा प्रतीत होता था कि किसी ट्रेन की तरह वह धुआँ उड़ाती हुई उड़ी चली जा रही है।

मेरे दादा पादरी के घर उन्हें यह कहानी सुनाने गए। जब मंत्री ने यह कहानी सुनी तो कहा कि यह उनका असल विचार है कि बेशक मेरे दादा अपने मुद्दे को निपटाने के लिए बहुत दूर खतरनाक मार्ग पर चले गए, लेकिन फिर भी उन्होंने दुष्टात्माओं द्वारा प्रदत्त कुछ भी लेने से इनकार कर दिया (जैसे मीट और शराब का प्रस्ताव) और उनकी इच्छा के विपरीत पाइप बजाने से भी इनकार कर दिया, अगर वह इसके बाद चौकस रहते हैं, तो शैतान, उसके मद्देनजर जो कुछ हुआ, उसका बहुत अधिक फायदा नहीं उठा पाएगा। निस्संदेह मेरे दादा, जो अपना मकसद पूरा करने के इरादे से इतनी दूर चले गए थे, उन्होंने साल के अंत होते-होते पाइप और ब्रांडी को हाथ नहीं

लगाया। और वह घातक दिन निकल गया, जब उन्हें पूर्व मालिक द्वारा बुलाया गया था।

सर जॉन ने जाकानेप्स (पालतू बंदर) की कहानी वैसे सुनाई, जैसी वे सुनाना चाहते थे। और आज तक कुछ लोग इस बात पर यकीन करते हैं कि उस मामले में चोरी जैसा कुछ था ही नहीं। फिर भी, आप उन कड़ियों को अनदेखा नहीं कर सकते, जो हचियन और डॉगल ने मालिक के कमरे में देखा था; लेकिन कुछ लोग कहते हैं कि कफन में छुपा वह मेजर था और मालिक के मरने के बाद उनकी सीटी बजाकर लोगों को डरा रहा था। लेकिन सच तो ऊपरवाला ही जानता था। सर जॉन के बाद सबसे पहले यह बात मंत्री की पत्नी की तरफ से आई। फिर मेरे दादा थे, जो ये किस्से-कहानियाँ सुनाते थे, भले ही उनके अंगों ने काम करना बंद कर दिया, लेकिन उनकी यादें और विवेचना वैसी-की-वैसी रही। वह अपने दोस्तों-यारों को असल कहानी सुनाकर कृतार्थ करते थे। अगर वह दूसरी जगहों पर यह कहानी सुनाते तो कदाचित् उन्हें करामाती की संज्ञा दे दी जाती।

सर जॉन के बाद सबसे पहले यह बात मंत्री की पत्नी की तरफ से आई। फिर मेरे दादा थे, जो ये किस्से-कहानियाँ सुनाते थे, भले ही उनके अंगों ने काम करना बंद कर दिया, लेकिन उनकी यादें और विवेचना वैसी-की-वैसी रही। वह अपने दोस्तों-यारों को असल कहानी सुनाकर कृतार्थ करते थे। अगर वह दूसरी जगहों पर यह कहानी सुनाते तो कदाचित् उन्हें करामाती की संज्ञा दे दी जाती।

जब मेरे संवाहक ने अपनी इस लंबी कहानी को एक शिक्षा के साथ खत्म किया, तब तक हमारे चारों तरफ शाम काली रात में तब्दील हो गई

थी। उसकी शिक्षा थी, जब तुम किसी अनोखी जगह पर हो, तब किसी अजनबी यात्री को साथ लेना आसान नहीं।

मुझे ऐसा कहकर बीच में टोका-टाकी नहीं करनी चाहिए थी। "आपके दादा के रोमांच उनके लिए भाग्यशाली निकले, जिन्होंने उन्हें बरबादी और संकट से बचाया और उनके नए मालिक के लिए भी वे सौभाग्यशाली निकले।"

"लेकिन कभी-न-कभी तो उन्हें व्यर्थ होना ही था," वैंडरिंग विली ने कहा। जो भुला दिए गए। सर जॉन ज्यादा उम्र तक नहीं जी पाए और वे अचानक बीमार पड़े। और मेरे दादा, हालाँकि उन्होंने अपना पूरा जीवन जीकर इस दुनिया को अलविदा कहा, लेकिन मेरे पिता भी थे, जो पैंतालिस वर्ष की उम्र में, अपने हल के पैरबाँसा पर गिर गए और फिर कभी भी नहीं उठे। वह अपने पीछे मुझे छोड़ गए एक गरीब, अंधा, पिताविहीन, माताविहीन प्राणी, जो न तो कोई काम कर सकता था, न ही पसंद किया जाता था। सर रेगवॉल्ड रेडगांटलेट, जो सर जॉन का अकेला बेटा और वयस्क सर रॉबर्ट का पोता था, के साथ मैं ही था। वे मुझे मेरी देखभाल करने के लिए अपने घर ले गए। जब से उनकी मृत्यु हुई है, मेरा दिमाग स्थिर नहीं हो पाया है और अब अगर मैं इस बारे में दूसरा कोई शब्द कहता हूँ, तो मुझे पूरी रात इससे दो-चार होना पड़ेगा। फिर एक अलग ही लय में वह बोला, "देखो, तुम्हें ब्रॉकेनबर्न ग्लेन में इस समय तक रोशनी दिखने लग गई होगी।"

□□□